Dieser Band enthält – links englisch, rechts deutsch – eine der schönsten Südsee-Novellen des großen Erzählers Joseph Conrad (1857–1923), die Geschichte von der Liebe eines Mannes zu seinem Schiff, von bedrohlichen Abenteuern und von einer kaum pathetischen Männer-Freundschaft.

dtv zweisprachig · Edition Langewiesche-Brandt

Joseph Conrad

The Secret Sharer

Der heimliche Teilhaber

Deutscher Taschenbuch-Verlag

Übersetzung: Maria von Schweinitz; revidierte Fassung

Deutscher Taschenbuch Verlag GmbH & Co. KG
München 1973
© 1955 Langewiesche-Brandt, Ebenhausen bei München
Ausgabe mit Einverständnis des S. Fischer Verlages, Frankfurt,
bei dem das Gesamtwerk Joseph Conrads in deutscher Sprache
verlegt wird.
Umschlaggestaltung: Celestino Piatti
Gesamtherstellung: Kösel, Kempten
Printed in Germany. ISBN 3-423-09001-4

The Secret Sharer · Der heimliche Teilhaber

On my right hand there were lines of fishing-stakes resembling a mysterious system of half-submerged bamboo fences, incomprehensible in its division of the domain of tropical fishes, and crazy of aspect as if abandoned for ever by some nomad tribe of fishermen now gone to the other end of the ocean; for there was no sign of human habitation as far as the eye could reach. To the left a group of barren islets, suggesting ruins of stone walls, towers, and blockhouses, had its foundations set in a blue sea that itself looked solid, so still and stable did it lie below my feet; even the track of light from the westering sun shone smoothly, without that animated glitter which tells of an imperceptible ripple. And when I turned my head to take a parting glance at the tug which had just left us anchored outside the bar, I saw the straight line of the flat shore joined to the stable sea, edge to edge, with a perfect and unmarked closeness, in one levelled floor half brown, half blue under the enormous dome of the sky. Corresponding in their insignificance to the islets of the sea, two small clumps of trees, one on each side of the only fault in the impeccable joint, marked the mouth of the river Meinam we had just left on the first preparatory stage of our homeward journey; and, far

Zu meiner Rechten waren die Reihen von Pfählen für die Fischnetze; sie glichen einem geheimnisvollen System halbversenkter Bambuszäune, unverständlich in ihrer Aufteilung der Bereiche tropischer Fische, seltsam aussehend, als seien sie auf immer verlassen von einem nomadischen Fischerstamm, der jetzt ans andere Ende des Meeres gezogen war; denn soweit das Auge reichte, gab es kein Zeichen für irgendeine Besiedelung. Zur Linken lag eine kleine Gruppe kahler Inseln; sie erinnerten an die Ruinen steinerner Wälle, Türme und Blockhäuser, und hatten ihre Fundamente in einer blauen See, die selbst massiv aussah, so still und unbeweglich lag sie zu meinen Füßen. Sogar die Lichtspur der sinkenden Sonne schimmerte glatt, ohne das lebendige Glitzern, das eine unmerkliche Bewegung des Wassers verrät. Und als ich den Kopf wandte, um einen Abschiedsblick auf den Schlepper zu werfen, der uns soeben verließ — wir waren außerhalb der Sandbank verankert — da sah ich, daß die ebene Linie des flachen Ufers Rand an Rand in vollkommener, nicht markierter Geschlossenheit mit der See eine glatte Fläche ergab, die halb braun, halb blau unter der ungeheuren Kuppel des Himmels lag. Die einzige Unterbrechung dieser sonst makellosen Bindung bildeten zwei kleine Baumgruppen, unbedeutend wie die Inselchen im Meer, welche zu beiden Seiten die Mündung des Flusses Menam kennzeichneten, aus dem wir — es war die erste Etappe unserer Heimreise — gerade ausgelaufen waren. Und weit hinten in der Ebene

back on the inland level, a larger and loftier mass, the grove surrounding the great Paknam pagoda, was the only thing on which the eye could rest from the vain task of exploring the monotonous sweep of the horizon. Here and there gleams as of a few scattered pieces of silver marked the windings of the great river; and on the nearest of them, just within the bar, the tug steaming right into the land became lost to my sight, hull and funnel and masts, as though the impassive earth had swallowed her up without an effort, without a tremor. My eye followed the light cloud of her smoke, now here, now there, above the plain, according to the devious curves of the stream, but always fainter and farther away, till I lost it at last behind the mitre-shaped hill of the great pagoda. And then I was left alone with my ship, anchored at the head of the Gulf of Siam.

She floated at the starting-point of a long journey, very still in an immense stillness, the shadows of her spars flung far to the eastward by the setting sun. At that moment I was alone on her decks. There was not a sound in her — and around us nothing moved, nothing lived, not a canoe on the water, not a bird in the air, not a cloud in the sky. In this breathless pause at the threshold of a long passage we seemed to be measuring our fitness for a long and arduous enterprise, the appointed task of both our existences to be carried out, far from all human eyes, with only sky and sea for spectators and for judges.

There must have been some glare in the air to interfere with one's sight, because it was only just before the sun left us that my roaming eyes made out beyond

des Binnenlandes bildete ein größeres und höherragendes Massiv, der Hain um die große Paknam-Pagode, den einzigen Punkt, auf dem das Auge ausruhen konnte von der eitlen Mühe, den einförmigen Bogen des Horizonts zu durchforschen.

Hier und da blitzten wie ein paar verstreute Silberstücke die Windungen des großen Flusses auf — und in der nächstliegenden Windung, noch im Bereiche der Sandbank, verschwand der landwärts dampfende Schlepper aus meinem Blickfeld; Rumpf, Schornstein und Masten waren fort, als habe die teilnahmlose Erde alles mühelos und ohne zu erbeben verschlungen.

Mein Auge folgte der leichten Rauchwolke, die je nach den Kurven des Flusses bald da bald dort über dem Land hing, doch immer entfernter und matter, bis ich sie schließlich hinter dem mitraförmigen Berg der großen Pagode verlor. Dann blieb ich allein mit meinem Schiff, das im Norden der Bucht von Siam verankert war.

Das Schiff lag am Ausgangspunkt für eine lange Fahrt sehr still in der unermeßlichen Stille; die untergehende Sonne warf die Schatten seiner Spieren weit nach Osten. Ich war in jenem Augenblick ganz allein an Deck. Auf dem Schiff war kein Laut, und um uns regte sich nichts, lebte nichts, kein Kanu auf dem Wasser, kein Vogel in der Luft, keine Wolke am Himmel. Es war, als prüften wir in der atemlosen Pause an der Schwelle einer langen Fahrt unsere Eignung für ein langes, schwieriges Unterfangen; denn jetzt galt es für uns beide — das Schiff und mich — die Aufgabe unseres Daseins auszuführen, fern von allen menschlichen Augen, ohne andere Zuschauer und Richter als den Himmel und die See.

Irgendein Glanz in der Luft mußte die klare Sicht beeinträchtigt haben; denn erst im letzten Augenblick, ehe die Sonne verschwand, entdeckte mein schweifender Blick über dem höchsten

the highest ridge of the principal islet of the group something which did away with the solemnity of perfect solitude. The tide of darkness flowed on swiftly; and with tropical suddennes a swarm of stars came out above the shadowy earth, while I lingered yet, my hand resting lightly on my ship's rail as if on the shoulder of a trusted friend. But, with all that multitude of celestial bodies staring down at one, the comfort of quiet communion with her was gone for good. And there were also disturbing sounds by this time — voices, footsteps forward; the steward flitted along the maindeck, a busily ministering spirit; a hand-bell tinkled urgently under the poop-deck ...

I found my two officers waiting for me near the supper table, in the lighted cuddy. We sat down at once, and as I helped the chief mate, I said: "Are you aware that there is a ship anchored inside the islands? I saw her mastheads above the ridge as the sun went down."

He raised sharply his simple face, overcharged by a terrible growth of whisker, and emitted his usual ejaculations: "Bless my soul, sir! You don't say so!"

My second mate was a round-cheeked, silent young man, grave beyond his years, I thought; but as our eyes happened to meet I detected a slight quiver on his lips. I looked down at once. It was not my part to encourage sneering on board my ship. It must be said, too, that I knew very little of my officers. In consequence of certain events of no particular significance, except to myself, I had been appointed to the command only a fortnight before. Neither did I know much of the hands forward. All these people had been together for eighteen months or so, and my position

Rücken der größten Insel der Gruppe etwas, was der Feierlichkeit vollkommener Einsamkeit ein Ende setzte. Die Flut der Dunkelheit überschwemmte uns schnell, und mit tropischer Plötzlichkeit wurde ein Schwarm von Sternen über der schattigen Erde sichtbar, während ich noch zauderte; meine Hand lag leicht auf der Reling meines Schiffes wie auf der Schulter eines vertrauten Freundes. Doch angesichts der Unmenge von Himmelskörpern, die auf mich herabsahen, war der Trost der stillschweigenden Verbundenheit mit dem Schiff endgültig vorbei. Jetzt kamen auch störende Geräusche — Stimmen, Schritte auf dem Vordeck. Der Steward flitzte über das Hauptdeck, ein emsig dienender Geist; eine Handglocke klingelte eifrig unter der Kampanje...

Ich fand meine beiden Offiziere beim Abendbrottisch in der erleuchteten Messe auf mich wartend. Wir setzten uns sofort, und als ich dem Ersten Offizier etwas reichte, sagte ich: „Haben Sie bemerkt, daß zwischen den Inseln ein Schiff vor Anker liegt? Ich sah die Mastspitzen über dem Bergrücken, als die Sonne unterging."

Sein törichtes Gesicht, von viel zu viel Backenbart umrahmt, hob sich mit einem Ruck, und er brachte seinen üblichen Stoßseufzer hervor: „Ach du meine Güte, Sir! Was Sie nicht sagen!"

Mein Zweiter Offizier war ein rundwangiger, schweigsamer junger Mann, meiner Ansicht nach zu ernst für seine Jahre; doch als sich unsere Blicke zufällig begegneten, entdeckte ich ein leichtes Zucken um seine Lippen. Ich sah sofort weg. Es stand mir nicht an, Spötteleien an Bord meines Schiffes zu fördern. Ich muß auch gestehen, daß ich sehr wenig von meinen Offizieren wußte.

Infolge gewisser Ereignisse, die für niemanden als mich selbst von besonderer Bedeutung waren, hatte ich erst vor vierzehn Tagen das Kommando über das Schiff bekommen. Auch von der Mannschaft wußte ich nicht viel. All diese Leute waren etwa achtzehn Monate

was that of the only stranger on board. I mention this because it has some bearing on what is to follow. But what I felt most was my being a stranger to the ship; and if all the truth must be told, I was somewhat of a stranger to myself. The youngest man on board (barring the second mate), and untried as yet by a position of the fullest responsibility, I was willing to take the adequacy of the others for granted. They had simply to be equal to their tasks; but I wondered how far I should turn out faithful to that ideal conception of one's own personality every man sets up for himself secretly.

Meantime the chief mate, with an almost visible effect of collaboration on the part of his round eyes and frightful whiskers, was trying to evolve a theory of the anchored ship. His dominant trait was to take all things into earnest consideration. He was of a painstaking turn of mind. As he used to say, he "liked to account to himself" for practically everything that came in his way, down to a miserable scorpion he had found in his cabin a week before. The why and the wherefore of that scorpion — how it got on board and came to select his room rather than the pantry (which was a dark place and more what a scorpion would be partial to), and how on earth it managed to drown itself in the inkwell of his writing-desk — had exercised him infinitely. The ship within the islands was much more easily accounted for; and just as we were about to rise from table he made his pronouncement. She was, he doubted not, a ship from home lately arrived. Probably she drew too much water to

zusammen gewesen, und meine Stellung war die des einzigen Fremden an Bord. Ich erwähne dies, weil es für die folgenden Ereignisse von Bedeutung ist. Doch was ich am stärksten empfand, war, daß ich auch dem Schiff gegenüber ein Fremder war; und wenn ich die volle Wahrheit sagen soll: ich war mir selbst irgendwie fremd. Als jüngster Mann an Bord (außer dem Zweiten Offizier) und noch ohne Erfahrung für einen so verantwortungsvollen Posten, neigte ich dazu, die Tüchtigkeit der andern als gegeben anzunehmen. Sie brauchten nur ihrer Aufgabe gewachsen zu sein; aber ich grübelte, wie weit ich das Ideal erreichen würde, das sich jeder Mann im Stillen für sich selbst setzt.

Inzwischen versuchte der Erste Offizier, eine Theorie über das vor Anker liegende Schiff zu entwickeln; seine runden Augen und sein schrecklicher Bart arbeiteten fast sichtbar mit. Es war sein vorherrschendster Charakterzug, alle Dinge in ernsthafte Erwägung zu ziehen. Er hatte einen Hang zu peinlicher Genauigkeit. Er pflegte zu sagen, daß er „sich selbst gern Rechenschaft ablege" für praktisch alles, was ihm über den Weg lief, bis herunter zu einem elenden Skorpion, den er eine Woche zuvor in seiner Kajüte gefunden hatte. Das Weshalb und Warum jenes Skorpions — wie er an Bord gekommen war und warum er sich gerade seine Kajüte ausgesucht hatte statt der Vorratskammer (einem dunklen Raum, der viel eher der Vorliebe eines Skorpions entsprochen hätte!) und wie um alles in der Welt das Tier es fertig gebracht hatte, sich im Tintenfaß auf seinem Schreibtisch zu ertränken — das alles hatte ihn endlos beschäftigt. Das Schiff zwischen den Inseln ließ sich viel leichter erklären; und als wir eben vom Tisch aufstehen wollten, sprach er sich darüber aus. Es war zweifellos ein Schiff, das kürzlich aus der Heimat angekommen war. Vermutlich hatte es zu viel Tiefgang, um die

cross the bar except at the top of spring tides. Therefore she went into that natural harbour to wait for a few days in preference to remaining in an open roadstead.

"That's so," confirmed the second mate, suddenly, in his slightly hoarse voice. "She draws over twenty feet. She's the Liverpool ship *Sephora* with a cargo of coal. Hundred and twenty-three days from Cardiff."

We looked at him in surprise.

"The tugboat skipper told me when he came on board for your letters, sir," explained the young man. "He expects to take her up the river the day after tomorrow." After thus overwhelming us with the extent of his information he slipped out of the cabin. The mate observed regretfully that he "could not account for that young fellow's whims." What prevented him telling us all about it at once, he wanted to know.

I detained him as he was making a move. For the last two days the crew had had plenty of hard work, and the night before they had very little sleep. I felt painfully that I — a stranger — was doing something unusual when I directed him to let all hands turn in without setting an anchor-watch. I proposed to keep on deck myself till one o'clock or thereabouts. I would get the second mate to relieve me at that hour.

"He will turn out the cook and the steward at four," I concluded, "and then give you a call. Of course at the slightest sign of any sort of wind we'll have the hands up and make a start at once."

He concealed his astonishment. "Very well, sir." Outside the cuddy he put his head in the second mate's door to inform him of my unheard-of caprice to take

Sandbank zu überqueren, es sei denn beim höchsten Stand der Springflut. Daher hat es jenen natürlichen Hafen angelaufen, um lieber ein paar Tage dort zu warten, als auf der offenen Reede zu bleiben.

„Das stimmt", sagte der Zweite plötzlich mit seiner etwas heiseren Stimme. „Es hat über zwanzig Fuß Tiefgang. Es ist die *Sephora* aus Liverpool mit einer Kohlenladung. Von Cardiff hundertdreiundzwanzig Tage Fahrt."

Überrascht sahen wir uns an.

„Der Schiffer vom Schlepper hat mir's erzählt, als er an Bord kam, um Ihre Post abzuholen, Sir", erklärte der junge Mann. „Er rechnet darauf, die *Sephora* übermorgen stromaufwärts zu schleppen." Nachdem er uns mit dem Ausmaß seiner Kenntnisse dergestalt überwältigt hatte, schlüpfte er hinaus aus der Messe. Der Erste bemerkte bekümmert, „er kenne sich nicht aus mit den Launen dieses jungen Burschen". Er hätte gern gewußt, was den Zweiten gehindert hatte, uns das alles sofort zu berichten.

Als er gehen wollte, hielt ich ihn zurück. Die Mannschaft hatte in den beiden letzten Tagen schwer gearbeitet und die Nacht vorher sehr wenig Schlaf gehabt. Ich empfand es peinlich, daß ich — ein Fremder — etwas Ungewöhnliches tat, als ich ihn anwies alle Leute zu Bett zu schicken, ohne eine Ankerwache aufzustellen. Ich schlug ihm vor, daß ich selbst bis etwa ein Uhr an Deck bleiben wolle; um diese Stunde würde ich mich vom Zweiten ablösen lassen.

„Und der kann um vier den Koch und den Steward wecken", schloß ich, „und dann bei Ihnen klopfen. Natürlich müssen wir beim leisesten Anzeichen einer Spur von Wind die Mannschaft wecken und sofort auslaufen."

Er verbarg sein Erstaunen. „Sehr wohl, Sir." Draußen vor der Messe steckte er den Kopf in die Tür des Zweiten, um ihn von meiner unerhörten Laune, eine fünfstündige Ankerwache selbst

of five hour's anchor-watch on myself. I heard the other raise his voice incredulously — "What? The Captain himself?" Then a few more murmurs, a door closed, then another. A few moments later I went on deck.

My strangeness, which had made me sleepless, had prompted that unconventional arrangement, as if I had expected in those solitary hours of the night to get on terms with the ship of which I knew nothing, manned by men of whom I knew very little more. Fast alongside a wharf, littered like any ship in port with a tangle of unrelated things, invaded by unrelated shore people, I had hardly seen her yet properly. Now, as she lay cleared for sea, the stretch of her main-deck seemed to me very fine under the stars. Very fine, very roomy for her size, and very inviting. I descended the poop and paced the waist, my mind picturing to myself the coming passage through the Malay Archipelago, down the Indian Ocean, and up the Atlantic. All its phases were familiar enough to me, every characteristic, all the alternatives which were likely to face me on the high seas — everything... except the novel responsibility of command. But I took heart from the reasonable thought that the ship was like other ships, the men like other men, and that the sea was not likely to keep any special surprises expressly for my discomfiture.

Arrived at that comfortig conclusion, I bethought myself of a cigar and went below to get it. All was still down there. Everybody at the after end of the ship was sleeping profoundly. I came out again on the

zu übernehmen, in Kenntnis zu setzen. Ich hörte, wie der Andere ungläubig die Stimme hob: „Was? Der Kapitän selbst?" Dann folgten ein paar gemurmelte Sätze, eine Tür schloß sich, dann die zweite — und wenige Minuten später ging ich an Deck.

Der Grund dieser ungewöhnlichen Anordnung war meine Fremdheit, die mich schlaflos gemacht hatte — als hätte ich erwartet, in so einsamen Nachtstunden vertrauter zu werden mit dem Schiff, von dem ich nichts wußte, und das eine Mannschaft hatte, die ich fast ebenso wenig kannte. Ich hatte das Schiff noch gar nicht richtig gesehen, als es am Kai festgemacht lag, wie jedes Schiff im Hafen übersät mit Dingen, die nicht hingehörten, überlaufen von Landbewohnern, die nicht dazugehörten. Jetzt, da es klar zur Fahrt lag, schien mir der Schwung seines Hauptdecks unter den Sternen sehr schön. Sehr schön, sehr geräumig für die Größe des Schiffes, sehr verlockend. Ich stieg von der Hütte herunter und schritt das Mitteldeck entlang; ich malte mir die bevorstehende Passage aus: durch das malaiische Inselmeer, südwärts durch den Indischen, nordwärts durch den Atlantischen Ozean. All ihre Phasen waren mir wohlbekannt, alle Eigenheiten, jeder Zwang zur Entscheidung, denen ich mich vermutlich auf hoher See gegenüber sehen würde — alles ... bis auf die neue Verantwortlichkeit der Befehlsgewalt. Doch ich faßte Mut in der vernünftigen Erwägung, daß das Schiff wahrscheinlich ebenso war wie andere Schiffe, die Mannschaft wie andere Mannschaften, und daß die See wohl kaum besondere Überraschungen barg, eigens um mich in Verlegenheit zu bringen.

Bei diesem tröstlichen Schluß angelangt, erinnerte ich mich an eine Zigarre und ging hinunter, um sie mir zu holen. Alles war still dort drunten. Jedermann im Achterschiff lag in tiefem Schlaf. Ich kam wieder heraus aufs Quarterdeck; ich fühlte mich

quarter-deck, agreeably at ease in my sleepingsuit on that warm breathless night, barefooted, a glowing cigar in my teeth, and, going forward, I was met by the profound silence of the fore end of the ship. Only as I passed the door of the forecastle I heard a deep, quiet, trustful sigh of some sleeper inside. And suddenly I rejoiced in the great security of the sea as compared with the unrest of the land, in my choice of that untempted life presenting no disquieting problems, invested with an elementary moral beauty by the absolute straightforwardness of its appeal and by the singleness of its purpose.

The riding-light in the fore-rigging burned with a clear, untroubled, as if symbolic, flame, confident and bright in the mysterious shades of the night. Passing on my way aft along the other side of the ship, I observed that the rope side-ladder, put over, no doubt, for the master of the tug when he came to fetch away our letters, had not been hauled in as it should have been. I became annoyed at this, for exactitude in small matters is the very soul of discipline. Then I reflected that I had myself peremptorily dismissed my officers from duty, and by my own act had prevented the anchor-watch being formally set and things properly attended to. I asked myself whether it was wise ever to interfere with the established routine of duties even from the kindest of motives. My action might have made me appear eccentric. Goodness only knew how that absurdly whiskered mate would "account" for my conduct, and what the whole ship thought of that informality of their new captain. I was vexed with myself.

in jener reglos warmen Nacht sehr behaglich in meinem Schlafanzug, barfüßig, die glimmende Zigarre zwischen den Zähnen; und als ich nach vorn ging, trat ich in das tiefe Schweigen im Vorschiff. Nur als ich unter die Back ging, hörte ich durch die Tür den tiefen, ruhigen, vertrauensvollen Seufzer eines Schläfers dort drinnen. Und plötzlich freute ich mich über die große Geborgenheit der See im Vergleich zur Unrast des Landes, freute mich meiner Entscheidung für ein Leben, das keinen Versuchungen ausgesetzt war und keine beunruhigenden Probleme aufwarf, das mit einer urwüchsigen sittlichen Schönheit erfüllt war durch die vollkommene Einfachheit seines Reizes und die Eindeutigkeit seines Zieles.

Das Ankerlicht im Vorgeschirr brannte mit einer klaren, ungetrübten, gleichsam sinnbildhaften Flamme, zutraulich und hell in den geheimnisvollen Schatten der Nacht. Als ich auf meinem Weg nach achtern die andere Seite des Schiffes entlangging, bemerkte ich, daß das Fallreep — das zweifellos für den Schiffer des Schleppers angebracht war, als er unsere Post abholen kam — nicht, wie es sein sollte, eingeholt war. Das ärgerte mich, denn Genauigkeit in kleinen Dingen ist die Seele der Disziplin. Dann überlegte ich, daß ich selbst meine Offiziere energisch von ihrem Dienst beurlaubt und durch meine eigene Handlung verhindert hatte, daß die Ankerwache ordnungsgemäß aufgestellt und die laufenden Dinge erledigt würden.

Ich fragte mich, ob es weise sei, festgelegte tägliche Pflichten, auch wenn es aus freundlichen Gründen geschah, jemals über den Haufen zu werfen. Vielleicht ließ meine Handlungsweise mich überspannt erscheinen. Der Himmel allein wußte, wie der lächerlich bebartete Erste mein Benehmen „verbuchte", und was das ganze Schiff von der Formlosigkeit des neuen Kapitäns dachte! Ich war verdrießlich über mich selbst.

Not from compunction certainly, but, as it were mechanically, I proceeded to get the ladder in myself. Now a sideladder of that sort is a light affair and comes in easily, yet my vigorous tug, which should have brought it flying on board, merely recoiled upon my body in a totally unexpected jerk. What the devil... I was so astounded by the immovableness of that ladder that I remained stockstill, trying to account for it to myself like that imbecile mate of mine. In the end, of course, I put my head over the rail.

The side of the ship made an opaque belt of shadow on the darkling glassy shimmer of the sea. But I saw at once something elongated and pale floating very close to the ladder. Before I could form a guess a faint flash of phosphorescent light, which seemed to issue suddenly from the naked body of a man, flickered in the sleeping water with the elusive, silent play of summer lightning in a night sky. With a gasp I saw revealed to my stare a pair of feet, the long legs, a broad livid back immersed right up to the neck in a greenish cadaverous glow. One hand, awash, clutched the bottom rung of the ladder. He was complete but for the head. A headless corpse! The cigar dropped out of my gaping mouth with a tiny plop and a short hiss quite audible in the absolute stillness of all things under heaven. At that I suppose he raised up his face, a dimly pale oval in the shadow of the ship's side. But even then I could only barely make out down there the shape of his black-haired head. However, it was enough for the horrid, frost-bound sensation which had gripped me about the chest to pass off.

Nicht aus Gründen des schlechten Gewissens, sondern mechanisch ging ich daran, das Fallreep einzuholen. Nun ist eine Strickleiter dieser Art leicht und läßt sich bequem einholen; dennoch schlug der heftige Schwung, mit dem sie eigentlich an Deck fliegen mußte, mit einem völlig unerwarteten Ruck auf meinen Körper zurück. Was zum Teufel ...

          Ich war so verblüfft über die Unbewegbarkeit des Fallreeps, daß ich stocksteif stehen blieb und versuchte, mir darüber Rechenschaft zu geben wie mein Schafskopf von Steuermann. Zuletzt streckte ich natürlich meinen Kopf über die Reling.

Die Bordwand warf einen undurchsichtigen Schattengürtel auf den dunkelnden glasigen Schimmer der See. Aber ich sah sofort etwas Längliches und Bleiches dicht am Fallreep treiben. Ehe ich noch eine Vermutung haben konnte, leuchtete in dem schlafenden Wasser ein schwacher phosphoreszierender Lichtstrahl auf, flüchtig und stumm wie ein sommerlicher Blitz in einem nächtlichen Himmel — es schien mir plötzlich, daß er von dem nackten Körper eines Mannes ausginge. Es verschlug mir den Atem, als sich meinem Blick ein Paar Füße verrieten, die langen Beine, ein breiter, blasser Rücken, bis hinauf zum Hals in einen grünlich leichenhaften Schein getaucht. Eine wasserbespülte Hand umklammerte die unterste Sprosse des Fallreeps. Er war vollständig, ausgenommen der Kopf! Eine Leiche ohne Kopf! Die Zigarre fiel mir aus dem offenen Munde — ein ganz leichtes Aufklatschen und ein kurzes Zischen, deutlich hörbar in der Stille aller Dinge unter dem Himmel.

          Da, glaube ich, hob er das Gesicht, ein unklares, bleiches Oval im Schatten des Schiffsrumpfes. Doch auch dann konnte ich nur ungefähr die Form seines schwarzhaarigen Kopfes erkennen. Immerhin, es genügte, um die furchtbare, eisige Beklemmung, die sich um meine Brust gelegt hatte, zu lösen. Auch der Augenblick

The moment of vain exclamations was past, too. I only climbed on the spare spar and leaned over the rail as far as I could, to bring my eyes nearer to that mystery floating alongside.

As he hung by the ladder, like a resting swimmer, the sea-lightning played about his limbs at every stir; and he appeared in it ghastly, silvery, fish-like. He remained as mute as a fish, too. He made no motion to get out of the water, either. It was inconceivable that he should not attempt to come on board, and strangely troubling to suspect that perhaps he did not want to. And my first words were prompted by just that troubled incertitude.

"What's the matter?" I asked in my ordinary tone, speaking down to the face upturned exactly under mine.

"Cramp," it answered, no louder. Then slightly anxious, "I say, no need to call any one."

"I was not going to," I said.

"Are you alone on deck?"

"Yes."

I had somehow the impression that he was on the point of letting go the ladder to swim away beyond my ken — mysterious as he came. But, for the moment, this being appearing as if he had risen from the bottom of the sea (it was certainly the nearest land to the ship) wanted only to know the time. I told him. And he, down there, tentatively: "I suppose your captain's turned in?"

"I am sure he isn't," I said.

He seemed to struggle with himself, for I heard something like the low, bitter murmur of doubt. "What's

für sinnlose Ausrufe war vorbei. Ich stieg bloß auf die nach innen hängende Sprosse und beugte mich soweit ich konnte über die Reling, um meine Augen dem Geheimnis da unten näher zu bringen.

Wie er da an der Leiter hing, nicht anders als ein ausruhender Schwimmer, spielte bei jeder Bewegung das Meerleuchten um seine Glieder und ließ ihn grausig, silberig, fischartig erscheinen. Er blieb auch stumm wie ein Fisch und machte keine Bewegung, um aus dem Wasser zu steigen.

Es war unverständlich, daß er nicht versuchte an Bord zu kommen, und die Vermutung, daß er es vielleicht gar nicht wünschte, war seltsam beunruhigend. Diese lästige Ungewißheit war es, die mir meine ersten Worte eingab.

„Was haben Sie denn?" fragte ich in meinem gewöhnlichen Tonfall hinunter zu dem aufgewandten Gesicht unter dem meinen.

„Einen Krampf", antwortete er, nicht lauter. Dann etwas ängstlich: „Übrigens, Sie brauchen keinen zu rufen."

„Das wollte ich auch nicht", sagte ich.

„Sind Sie allein an Deck?"

„Ja."

Ich hatte den unklaren Eindruck, daß er Lust hatte, die Leiter loszulassen und aus meinem Gesichtskreis herauszuschwimmen — geheimnisvoll, wie er gekommen war.

Doch im Augenblick wollte dieses Wesen, das aussah, als sei es vom Meeresboden aufgestiegen (sicherlich dem Boden, der dem Schiff am nächsten war), nur wissen, wie spät es sei. Ich sagte es ihm. Und er, wie tastend von unten: „Ich nehme an, Ihr Kapitän ist schlafen gegangen?"

„Keineswegs", sagte ich.

Er schien mit sich zu kämpfen, denn ich hörte etwas, das wie das leise, bittere Murmeln des Zweifels klang: „Es hat wohl

the good?" His next words came out with a hesitating effort.

"Look here, my man. Could you call him out quietly?"

I thought the time had come to declare myself. "*I am the captain.*"

I heard a "By Jove!" whispered at the level of the water. The phosphorescence flashed in the swirl of the water all about his limbs, his other hand seized the ladder.

"My name's Leggatt."

The voice was calm and resolute. A good voice. The self-possession of that man had somehow induced a corresponding state in myself. It was very quietly that I remarked: "You must be a good swimmer."

"Yes. I've been in the water practically since nine o'clock. The question for me now is whether I am to let go this ladder and go on swimming till I sink from exhaustion, or — to come on board here."

I felt this was no mere formula of desperate speech, but a real alternative in the view of a strong soul. I should have gathered from this that he was young; indeed, it is only the young who are ever confronted by such clear issues. But at the time it was pure intuition on my part. A mysterious communication was established already between us two — in the face of that silent, darkened tropical sea. I was young, too; young enough to make no comment. The man in the water began suddenly to climb up the ladder, and I hastened away from the rail to fetch some clothes.

Before entering the cabin I stood still, listening in the lobby at the foot of the stairs. A faint snore came

keinen Sinn." Seine nächsten Worte klangen zögernd und bedrückt.

„Hören Sie mal, guter Mann. Könnten Sie ihn wohl unauffällig herausrufen?"

Ich fand es an der Zeit, mich zu erkennen zu geben. „*Ich* bin der Kapitän."

Unten vom Wasserspiegel kam ein geflüstertes „Donnerwetter!"

Das Phosphorleuchten blitzte in einem Wasserwirbel um all seine Glieder, seine andere Hand ergriff das Fallreep.

„Mein Name ist Leggatt."

Die Stimme war ruhig und entschlossen. Eine gute Stimme. Die Selbstbeherrschung des Mannes hatte irgendwie in mir die gleiche Haltung ausgelöst. Meine Worte kamen sehr ruhig: „Sie müssen ein guter Schwimmer sein."

„Ja. Ich bin sozusagen seit neun Uhr im Wasser. Jetzt frage ich mich, ob ich die Leiter loslassen und weiterschwimmen soll, bis ich vor Ermattung untersinke, oder — ob ich zu Ihnen an Bord komme."

Ich spürte, dies war keine verzweifelte Redensart, sondern ein echtes ‚Entweder — Oder', wie es eine starke Seele sah. Daraus hätte ich schließen müssen, daß er jung war; tatsächlich, nur junge Menschen stellen sich so klare Fragen. Doch damals war es meinerseits reine unmittelbare Erkenntnis.

Schon war eine geheime Verbindung zwischen uns beiden hergestellt angesichts der dunklen, tropischen See. Auch ich war jung; jung genug, um keine Kritik zu üben. Der Mann im Wasser begann plötzlich, die Leiter heraufzuklettern, und ich lief schnell von der Reling weg, um ein paar Kleidungsstücke zu holen.

Bevor ich in die Kajüte trat, stand ich still und horchte hinunter in den Vorraum am Fuß der Treppe. Ein leises Schnarchen

through the closed door of the chief mate's room. The second mate's door was on the hook, but the darkness in there was absolutely soundless. He, too, was young and could sleep like a stone. Remained the steward, but he was not likely to wake up before he was called. I got a sleeping-suit out of my room and, coming back on deck, saw the naked man from the sea sitting on the main-hatch, glimmering white in the darkness, his elbows on his knees and his head in his hands. In a moment he had concealed his damp body in a sleeping-suit of the same grey-stripe pattern as the one I was wearing and followed me like my double on the poop. Together we moved right aft, barefooted, silent.

"What is it?" I asked in a deadened voice, taking the lighted lamp out of the binnacle, and raising it to his face.

"An ugly business."

He had rather regular features; a good mouth; light eyes under somewhat heavy, dark eyebrows; a smooth, square forehead; no growth on his cheeks; a small, brown moustache, and a well-shaped, round chin. His expression was concentrated, meditative, under the inspecting light of the lamp I held up to his face; such as a man thinking hard in solitude might wear. My sleeping-suit was just right for his size. A wellknit young fellow of twenty-five at most. He caught his lower lip with the edge of white, even teeth.

"Yes," I said, replacing the lamp in the binnacle. The warm, heavy tropical night closed upon his head again.

"There's a ship over there," he murmured.

"Yes, I know. The *Sephora*. Did you know of us?"

kam durch die geschlossene Kammertür meines Ersten Offiziers. Die Tür des Zweiten war bloß eingehakt, aber die Dunkelheit da drinnen war vollkommen lautlos. Auch er war jung und konnte schlafen wie ein Stein. Blieb noch der Steward, aber es war unwahrscheinlich, daß er aufwachte, ehe er gerufen wurde. Ich holte einen Schlafanzug aus meiner Kammer, und als ich an Deck zurückkam, sah ich den nackten Mann aus der See auf dem Großluk sitzen, schimmernd weiß in der Dunkelheit, die Ellbogen auf den Knien und den Kopf in den Händen. Einen Augenblick später hatte er seinen feuchten Körper in einem Schlafanzug geborgen, der ebenso grau gestreift war wie der, den ich selbst trug, und folgte mir wie ein Doppelgänger auf das Achterdeck. Zusammen gingen wir nach hinten, barfuß, schweigend.

„Was ist mit Ihnen?" fragte ich gedämpft, nahm eine brennende Lampe aus dem Kompaßhaus und hob sie an sein Gesicht.

„Das ist eine häßliche Geschichte."

Er hatte ziemlich regelmäßige Züge; einen gutgeschnittenen Mund; helle Augen unter etwas schweren dunklen Brauen; eine glatte, breite Stirn; keinen Bart auf den Wangen; ein kleines, braunes Schnurrbärtchen und ein gutgeformtes, rundes Kinn. Unter dem forschenden Licht der Lampe, mit der ich ihm ins Gesicht leuchtete, war seine Miene konzentriert und nachdenklich; so wie ein Mann aussieht, der einsam und angestrengt überlegt. Mein Schlafanzug war gerade richtig für seine Größe. Ein wohlgebauter junger Mann von höchstens fünfundzwanzig. Er biß sich mit dem Rand seiner weißen, gleichmäßigen Zähne auf die Unterlippe.

„Ja", sagte ich. Ich stellte die Lampe ins Kompaßhaus. Die warme, schwere tropische Nacht schloß sich wieder um seinen Kopf.

„Da drüben liegt ein Schiff", murmelte er.

„Ja, ich weiß. Die *Sephora*. Wußten Sie etwas von uns?"

"Hadn't the slightest idea. I am the mate of her ——"
He paused and corrected himself. "I should say I *was*."

"Aha! Something wrong?"

"Yes. Very wrong indeed. I've killed a man."

"What do you mean? Just now?"

"No, on the passage. Weeks ago. Thirty-nine south. When I say a man ——"

"Fit of temper," I suggested, confidently.

The shadowy, dark head, like mine, seemed to nod imperceptibly above the ghostly grey of my sleeping-suit. It was, in the night, as though I had been faced by my own reflection in the depths of a sombre and immense mirror.

"A pretty thing to have to own up to for a Conway boy," murmured my double, distinctly.

"You're a Conway boy?"

"I am," he said, as if startled. Then, slowly "... Perhaps you too ——"

It was so; but being a couple of years older I had left before he joined. After a quick interchange of dates a silence fell;

and I thought suddenly of my absurd mate with his terrific whiskers and the "Bless my soul — you don't say so" type of intellect.

My double gave me an inkling of his thoughts by saying: "My father's a parson in Norfolk. Do you see me before a judge and jury on that charge? For myself I can't see the necessity. There are fellows that an angel from heaven —— And I am not that. He was one of those creatures that are just simmering all the time with a silly sort of wickedness. Miserable devils that have no business to live at all. He wouldn't do

„Nicht den leisesten Schimmer. Ich bin ihr Erster Offizier —" Er machte eine Pause und verbesserte sich: „Ich sollte sagen, ich war's."

„Aha! Ist was schief gegangen?"

„Ja. Sehr schief, bei Gott. Ich habe einen Menschen getötet."

„Wie meinen Sie das? Eben jetzt?"

„Nein. Auf der Fahrt. Vor Wochen. Neununddreißig südlicher Breite. Wenn ich sage, einen Menschen —"

„Wohl ein Wutanfall?" fragte ich verständnisvoll.

Der schattenhaft dunkle Kopf, dem meinem ähnlich, schien unmerklich über dem geisterhaften Grau meines Schlafanzugs zu nicken. Es war mir, als stünde ich in der Nacht vor meinem eigenen Bild in den Tiefen eines düsteren und ungeheuren Spiegels.

„Ein nettes Geständnis für einen Schüler aus Conway", murmelte mein Doppelgänger deutlich.

„Sie waren in Conway?"

„Jawohl", sagte er wie erschrocken. Dann langsam: „. . . vielleicht Sie auch —?"

So war es; doch da ich ein paar Jahre älter war, hatte ich Conway verlassen, ehe er hinkam. Nach einem raschen Austausch von Daten schwiegen wir: und ich dachte plötzlich an meinen lächerlichen Ersten mit seinem schrecklichen Vollbart und seinem: „Ach du meine Güte — was Sie nicht sagen", was so bezeichnend für seine Geistesrichtung war.

Mein Doppelgänger deutete mir seine Gedankengänge an, indem er sagte: „Mein Vater ist Pfarrer in Norfolk. Bitte, stellen Sie sich vor, wenn ich wegen eines solchen Verbrechens vor dem Richter und den Geschworenen stehe. Ich für meinen Teil sehe die Notwendigkeit nicht ein. Es gibt Burschen, die selbst ein Engel vom Himmel — und ich bin keiner. Er war einer von den Kreaturen, in denen immer eine dumme Bosheit gärt. Jämmerliche Teufel ohne die geringste Daseinsberechtigung. Er wollte seine

his duty and wouldn't let anybody else do theirs. But what's the good of talking! You know well enough the sort of ill-conditioned snarling cur —"

He appealed to me as if our experiences had been as identical as our clothes. And I knew well enough the pestiferous danger of such a character where there are no means of legal repression. And I knew well enough also that my double there was no homicidal ruffian. I did not think of asking him for details, and he told me the story roughly in brusque, disconnected sentences. I needed no more. I saw it all going on as though I were myself inside that other sleeping-suit.

"It happened while we were setting a reefed foresail, at dusk. Reefed foresail! You understand the sort of weather. The only sail we had left to keep the ship running; so you may guess what it had been like for days. Anxious sort of job, that. He gave me some of his cursed insolence at the sheet.

I tell you I was overdone with this terrific weather that seemed to have no end to it. Terrific, I tell you — and a deep ship. I believe the fellow himself was half crazed with funk. It was no time for gentlemanly reproof, so I turned round and felled him like an ox. He up and at me. We closed just as an awful sea made for the ship. All hands saw it coming and took to the rigging, but I had him by the throat, and went on shaking him like a rat, the men above us yelling, 'Look out! look out!' Then a crash as if the sky had fallen on my head. They say that for over ten minutes hardly anything was to be seen of the ship — just the three masts and a bit of the forecastle head and of the poop all awash

Pflicht nicht tun und keinen andern seine Pflicht tun lassen. Doch was nützt es, darüber zu sprechen! Sie kennen sicher selbst diese boshaften knurrigen Halunken —"

Er rief mich sozusagen als Zeugen an, als seien unsere Erfahrungen ebenso völlig gleich wie unsere Kleidung. Und ich kannte gut genug die verpestende Gefahr solcher Charaktere dort, wo es kein Mittel gib, sie gesetzmäßig niederzuhalten. Und ich wußte gut genug, daß mein Doppelgänger kein ruchloser Mörder war. Ich dachte gar nicht daran, ihn nach Einzelheiten zu fragen; und er erzählte mir die Geschichte in schroffen, kaum zusammenhängenden Sätzen. Mehr brauchte ich nicht. Ich sah alles, als steckte ich selbst in jenem anderen Schlafanzug.

„Es geschah, während wir in der Dämmerung ein gerefftes Vorsegel setzten. Ein gerefftes Vorsegel! Sie können sich das Wetter vorstellen! Das einzige Segel, das uns blieb, um das Schiff in Fahrt zu halten! Sie können sich denken, wie es schon tagelang gewesen war. Keine angenehme Aufgabe. Er kam mir schon beim Bedienen der Schote mit ein paar verdammten Unverschämtheiten. Ich sage Ihnen: ich war erledigt von dem fürchterlichen Wetter, das kein Ende zu nehmen schien. Scheußlich, sage ich Ihnen. Und ein Schiff mit Tiefgang! Ich glaube, der Bursche war selbst halb verrückt vor Angst. Es war nicht die Zeit für eine schonende Zurechtweisung, und so drehte ich mich um und schlug ihn nieder wie einen Ochsen. Er hoch, und auf mich los. Als wir uns gerade packten, kam eine furchtbare Sturzsee auf das Schiff zu. Alle Matrosen sahen sie kommen und retteten sich in die Takelage, aber ich hatte ihn bei der Gurgel und schüttelte ihn weiter wie eine Ratte, während die Männer über uns schrien: ‚Achtung! Paßt auf!' Dann kam ein Krach, als stürze mir der Himmel auf den Kopf. Sie sagten später, man habe mehr als zehn Minuten kaum etwas von dem Schiff gesehen — nur die drei Masten und ein Stück Vordeck und Achterdeck — alles war unter Wasser und

driving along in a smother of foam. It was a miracle that they found us, jammed together behind the fore-bits. It's clear that I meant business, because I was holding him by the throat still when they picked us up. He was black in the face. It was too much for them. It seems they rushed us aft together, gripped as we were, screaming 'Murder!' like a lot of lunatics, and broke into the cuddy. And the ship running for her life, touch and go all the time, any minute her last in a sea fit to turn your hair grey only a-looking at it. I understand that the skipper, too, started raving like the rest of them. The man had been deprived of sleep for more than a week, and to have this sprung on him at the height of a furious gale nearly drove him out of his mind. I wonder they didn't fling me overboard after getting the carcass of their precious ship-mate out of my fingers. They had rather o job to separate us I've been told. A sufficiently fierce story to make an old judge and a respectable jury sit up a bit. The first thing I heard when I came to myself was the maddening howling of that endless gale, and on that the voice of the old man. He was hanging on to my bunk staring into my face out of his sou'wester. 'Mr. Leggatt, you have killed a man. You can act no longer as chief mate of this ship.'"

His care to subdue his voice made it sound monotonous. He rested a hand on the end of the skylight to steady himself with, and all that time did not stir a limb, so far as I could see. "Nice little tale for a quiet tea-party," he concluded in the same tone.

One of my hands, too, rested on the end of the skylight; neither did I stir a limb, so far as I knew.

trieb unter einem Gischtstrudel dahin. Es war ein Wunder, daß sie uns fanden, hinter der Focknagelbank eingeklemmt. Es muß mir verdammt ernst gewesen sein, denn meine Finger hielten ihn noch an der Kehle, als sie uns hervorzogen. Er war schwarz im Gesicht. Das machte die Leute kopflos. Anscheinend brachten sie uns, immer noch ineinander verkrampft, nach hinten. Zeter und Mordio schreiend wie eine Horde Irrer, und brachen in die Messe ein. Und dabei kämpfte das Schiff ums nackte Leben, immer gerade am Kentern vorbei, jede Minute konnte seine letzte sein in einem Seegang, bei dessen bloßem Anblick man weiße Haare kriegen konnte! Ich kann verstehen, daß auch der Kapitän anfing, wie die Übrigen zu toben. Der Mann hatte länger als eine Woche nicht geschlafen, und mitten in einem wütenden Sturm so etwas erleben zu müssen — das brachte ihn beinahe um den Verstand. Ich wundere mich, daß sie mich nicht über Bord geworfen haben, nachdem sie die Leiche ihres teuren Kameraden aus meinen Fingern gelöst hatten. Es muß ziemlich schwer gewesen sein, uns zu trennen. Diese Geschichte ist wohl toll genug, um einen alten Richter und die ehrenwerten Geschworenen außer Fassung zu bringen. Als ich zu mir kam, war das erste, was ich hörte, das irre Heulen des endlosen Sturms, und darüber die Stimme des Käpten. Er hielt sich an meiner Koje fest und starrte mir aus seinem Südwester ins Gesicht. ‚Herr Leggatt, Sie haben einen Menschen getötet. Sie können auf diesem Schiff nicht länger als Erster Offizier Dienst tun.'"

Die Mühe, mit der er seine Stimme dämpfte, ließ sie eintönig klingen. Er legte eine Hand an das Skylight, um sich zu stützen, und regte, soviel ich sehen konnte, die ganze Zeit kein Glied. „Eine reizende kleine Geschichte für ein gemütliches Teestündchen!" schloß er im gleichen Ton.

Auch meine eine Hand lag auf dem Skylight, und auch ich regte, soviel ich wußte, kein Glied. Wir standen uns auf knapp

We stood less than a foot from each other. It occurred to me that if old "Bless my soul — you don't say so" were to put his head up the companion and catch sight of us, he would think he was seeing double, or imagine himself come upon a scene of weird witchcraft; the strange captain having a quiet confabulation by the wheel with his own grey ghost. I became very much concerned to prevent anything of the sort. I heard the other's soothing undertone.

"My father's a parson in Norfolk," it said. Evidently he had forgotten he had told me this important fact before. Truly a nice little tale.

"You had better slip down into my stateroom now," I said, moving off stealthily. My double followed my movements; our bare feet made no sound; I let him in, closed the door with care, and, after giving a call to the second mate, returned on deck for my relief.

"Not much sign of any wind yet," I remarked when he approached.

"No, sir. Not much," he assented, sleepily, in his hoarse voice, with just enough deference, no more, and barely suppressing a yawn.

"Well, that's all you have to look out for. You have got your orders."

"Yes, sir."

I paced a turn or two on the poop and saw him take up his position face forward with his elbow in the ratlines of the mizzen-rigging before I went below. The mate's faint snoring was still going on peacefully. The cuddy lamp was burning over the table on which stood

einen Fuß gegenüber. Es schoß mir durch den Kopf: wenn mein alter „Du meine Güte" jetzt den Kopf aus dem Niedergang heraufstecken und uns erblicken würde, dann würde er meinen, zwei Doppelgänger zu sehen, oder sich einbilden, er sei unheimlicher Hexerei auf die Spur gekommen; der wunderliche Kapitän am Steuer in einer gemütlichen Unterhaltung mit seinem eigenen grauen Gespenst. Es lag mir sehr daran, alles Derartige zu verhindern. Ich hörte wieder den beruhigenden Ton in der Stimme des andern.

„Mein Vater ist Pfarrer in Norfolk", sagte er. Offenbar hatte er vergessen, daß er mir diese wichtige Tatsache schon erzählt hatte. Wirklich, eine reizende kleine Geschichte!

„Sie tun besser daran, sich jetzt in meine Kajüte zu schleichen", sagte ich und ging leise voran. Mein Doppelgänger folgte meinen Schritten; unsere bloßen Füße machten keinerlei Geräusch. Ich ließ ihn hinein, schloß behutsam die Tür und kehrte, nachdem ich beim Zweiten Offizier geklopft hatte, aufs Deck zurück, um meine Ablösung zu erwarten.

„Noch immer kein Anzeichen einer aufkommenden Brise", bemerkte ich, als der Zweite auf mich zukam.

„Nein, Sir. Kaum", stimmte er schläfrig in seiner rauhen Stimme zu, mit der erforderlichen Höflichkeit, aber nicht mehr, und kaum sein Gähnen unterdrückend.

„Nun, weiter ist nichts zu beachten. Ihre Anweisungen haben Sie ja."

„Jawohl, Sir."

Ich ging ein paarmal auf dem Achterdeck hin und her und sah, wie er seine Stellung einnahm, das Gesicht vorwärts gerichtet, die Ellbogen in den Webeleinen des Kreuzmastes; dann ging ich nach unten. Der Erste schnarchte noch immer friedlich. Die Messelampe brannte über dem Tisch, auf dem eine Vase mit Blumen

a vase with flowers, a polite attention from the ship's provision merchant — the last flowers we should see for the next three months at the very least. Two bunches of bananas hung from the beam symmetrically, one on each side of the rudder-casing. Everything was as before in the ship — except that two of her captain's sleeping-suits were simultaneously in use, one motionless in the cuddy, the other keeping very still in the captain's stateroom.

It must be explained here that my cabin had the form of the capital letter L the door being within the angle and opening into the short part of the letter. A couch was to the left, the bed-place to the right; my writing-desk and the chronometers' table faced the door. But any one opening it, unless he stepped right inside, had no view of what I call the long (or vertical) part of the letter. It contained some lockers surmounted by a bookcase; and a few clothes, a thick jacket or two, caps, oilskin coat, and such like, hung on hooks. There was at the bottom of that part a door opening into my bath-room, which could be entered also directly from the saloon. But that way was never used.

The mysterious arrival had discovered the advantage of this particular shape. Entering my room, lighted strongly by a big bulkhead lamp swung on gimbals above my writing-desk, I did not see him anywhere till he stepped out quietly from behind the coats hung in the recessed part.

"I heard somebody moving about, and went in there at once," he whispered.

I, too, spoke under my breath. "Nobody is likely to come in here without knocking and getting permission."

stand, eine kleine Aufmerksamkeit von dem Schiffsmakler; es waren die letzten Blumen, die wir mindestens die nächsten drei Monate sehen würden. Zwei Bündel Bananen hingen symmetrisch zu jeder Seite des Ruderkokers vom Decksbalken herab.

Alles im Schiff war wie vorher — außer daß sich zwei Schlafanzüge seines Kapitäns zur selben Zeit in Gebrauch befanden, einer regungslos in der Messe, der andere sehr still in der Kajüte des Kapitäns.

Hier muß ich erklären: meine Kajüte hatte die Form eines großen L; und die Tür lag im Winkel des L so, daß sie sich in den kurzen Teil des Buchstabens hinein öffnete. Links stand eine Couch, rechts war die Koje; mein Schreibtisch und der Tisch mit den Chronometern standen der Tür gegenüber. Doch wenn jemand in die Tür, nicht aber gleich in die Kajüte selber trat, lag (um bei dem Bild zu bleiben) der lange oder senkrechte Teil des L nicht in seinem Blickfeld. Der enthielt ein paar Truhen, über ihnen ein Bücherregal, und an mehreren Haken hingen ein paar Anzüge, ein oder zwei dicke Jacken, Kappen, ein Ölhautmantel und dergleichen mehr. Am Ende dieses Teiles meiner Kajüte war die Tür zu meinem Badezimmer. Man konnte es auch vom Salon aus betreten; doch dieser Zugang wurde nie benutzt.

Der geheimnisvolle Gast hatte den Vorteil dieser eigentümlichen Form meiner Kajüte schon entdeckt. Als ich sie betrat — sie war hell erleuchtet durch eine große Hängelampe, die in Bügeln über meinem Schreibtisch pendelte —, sah ich ihn nirgends, bis er leise hinter den Anzügen hervortrat, die im anderen Teil hingen.

„Ich hörte jemanden herumgehen und trat sofort dort hinein", flüsterte er.

Auch ich sprach ganz leise. „Hier kommt kaum jemand herein, ohne anzuklopfen und ein ‚Herein' gehört zu haben."

He nodded. His face was thin and the sunburn faded, as though he had been ill. And no wonder. He had been, I heard presently, kept under arrest in his cabin for nearly seven weeks. But there was nothing sickly in his eyes or in his expression.

He was not a bit like me, really; yet, as we stood leaning over my bed-place, whispering side by side, with our dark heads together and our backs to the door, anybody bold enough to open it stealthily would have been treated to the uncanny sight of a double captain busy talking in whispers with his other self.

"But all this doesn't tell me how you came to hang on to our side-ladder," I inquired, in the hardly audible murmurs we used, after he had told me something more of the proceedings on board the *Sephora* once the bad weather was over.

"When we sighted Java Head I had had time to think all those matters out several times over. I had six weeks of doing nothing else, and with only an hour or so every evening for a tramp on the quarter-deck."

He whispered, his arms folded on the side of my bedplace, staring through the open port. And I could imagine perfectly the manner of this thinking out — a stubborn if not a steadfast operation; something of which I should have been perfectly incapable.

"I reckoned it would be dark before we closed with the land," he continued, so low that I had to strain my hearing, near as we were to each other, shoulder touching shoulder almost. "So I asked to speak to the old man. He always seemed very sick when he came to see me — as if he could not look me in the

Er nickte. Sein Gesicht war mager und die Sonnenbräune war vergangen, als sei er krank gewesen. Das war kein Wunder. Er war, wie er mir gleich darauf erzählte, fast zehn Wochen in seiner Kammer eingesperrt gewesen. Aber in seinen Augen und seinem Ausdruck war nichts Krankhaftes. Tatsächlich sah er mir überhaupt nicht ähnlich. Und dennoch — als wir so über meine Koje gelehnt Seite an Seite dastanden und miteinander flüsterten, unsere dunklen Köpfe nahe beieinander und unsere Rücken der Tür zugekehrt, hätte jeder, der kühn genug war, heimlich die Tür zu öffnen, den unheimlichen Anblick eines doppelten Kapitäns gehabt, der sich flüsternd mit seinem zweiten Ich unterhielt.

„Aber dies alles sagt mir noch nichts darüber, wie es kam, daß Sie sich an unser Seefallreep hängten", sagte ich fragend in dem kaum vernehmbaren Murmeln, dessen wir uns bedienten, nachdem er mir etwas mehr berichtet hatte von den weiteren Vorgängen an Bord der *Sephora*, als das schlechte Wetter vorbei war.

„Als wir Kap Java sichteten, hatte ich bereits Zeit gehabt, mir all diese Dinge mehrfach zu überlegen. Ich hatte, abgesehen von der allabendlichen Stunde eines Spazierganges auf dem Achterdeck, sechs Wochen lang nichts zu tun gehabt."

Er hielt die Arme auf dem Rand meiner Koje verschränkt und starrte durch das offene Bullauge, während er flüsternd berichtete. Und ich konnte mir einen deutlichen Begriff machen von seiner Art zu planen; es war ein trotziges, wenn nicht beharrliches Verfahren, etwas, dessen ich völlig unfähig gewesen wäre.

„Ich rechnete mir aus, daß es dunkel sein würde, ehe wir nahe ans Land kämen", fuhr er fort, so leise, daß ich angespannt horchen mußte, obwohl wir so nahe beieinander standen, daß sich unsere Schultern fast berührten. „Deshalb bat ich darum, den Käpten sprechen zu dürfen. Ihm schien immer ziemlich kläglich zumute zu sein, wenn er zu mir kam — als könne er mir

face. You know, that foresail saved the ship. She was too deep to have run long under bare poles. And it was I that managed to set it for him. Anyway, he came. When I had him in my cabin — he stood by the door looking at me as if I had the halter round my neck already — I asked him right away to leave my cabin door unlocked at night while the ship was going through Sunda Straits. There would be the Java coast within two or three miles, off Angier Point. I wanted nothing more. I've had a prize for swimming my second year in the Conway."

"I can believe it," I breathed out.

"God only knows why they locked me in every night. To see some of their faces you'd have thought they were afraid I'd go about at night strangling people. Am I a murdering brute? Do I look it? By Jove! if I had been he wouldn't have trusted himself like that into my room. You'll say I might have chucked him aside and bolted out, there and then — it was dark already. Well, no. And for the same reason I wouldn't think of trying to smash the door. There would have been a rush to stop me at the noise, and I did not mean o get into a confounded scrimmage. Somebody else might have got killed — for I would not have broken out only to get chucked back, and I did not want any more of that work. He refused, looking more sick than ever. He was afraid of the men, and also of that old second mate of his who had been sailing with him for years — a greyheaded old humbug; and his steward, too, had been with him devil knows how long — seventeen years or more — a dogmatic sort of loafer who hated me like poison, just because I was the chief mate.

nicht ins Gesicht sehen. Sie wissen, das Vorsegel hat das Schiff gerettet. Es hatte zu viel Tiefgang, es konnte nicht lange vor Top und Takel laufen. Und ich hatte es fertiggebracht, das Vorsegel für ihn zu setzen. Immerhin, er kam. Als ich ihn in meiner Kajüte hatte — er stand an der Tür und sah mich an, als hätte ich schon den Strick um den Hals — bat ich ihn rundheraus, meine Kajütentür nachts unverschlossen zu lassen, während das Schiff durch die Sundastraße lief. Dort war hinter Angier Point die Küste von Java nur zwei oder drei Meilen entfernt. Mehr wollte ich nicht. Ich hatte in meinem zweiten Jahr in Conway den Preis im Schwimmen gewonnen."

„Das kann ich mir vorstellen", flüsterte ich.

„Gott allein weiß, warum sie mich jede Nacht einschlossen. Wenn man in ihre Gesichter sah, hätte man meinen können, sie hätten die ganze Zeit Angst, daß ich nachts herumliefe und Leute erwürgte. Bin ich denn ein mörderischer Schuft? Sehe ich so aus? Bei Gott, dann hätte er sich wohl kaum so in meine Kajüte gewagt.

Sie werden sagen, ich hätte ihn wegstoßen und ausbrechen können, gleich auf der Stelle — es war ja schon dunkel. Aber das wollte ich nicht. Und aus demselben Grunde dachte ich gar nicht dran, die Tür einzuschlagen. Bei dem Lärm wären alle herzugestürzt, um mich festzuhalten; und ich hatte keine Lust, mich in so ein verdammtes Handgemenge einzulassen. Vielleicht wäre noch einer getötet worden — denn ich wäre nicht ausgebrochen, bloß um mich wieder zurückwerfen zu lassen; mein Bedarf war mehr als gedeckt. Der Käpten weigerte sich und sah dabei kläglicher aus denn je. Er hatte Angst vor der Mannschaft und auch vor dem alten Zweiten Offizier, der seit Jahren mit ihm fuhr — ein grauhaariger alter Gauner. Und sein Steward war auch schon weiß der Teufel wie lange bei ihm — siebzehn Jahre oder mehr — ein pedantischer Strolch, der mich haßte wie Gift, bloß

No chief mate ever made more than one voyage in the *Sephora*, you know. Those two old chaps ran the ship. Devil only knows what the skipper wasn't afraid of (all his nerve went to pieces altogether in that hellish spell of bad weather we had) — of what the law would do to him — of his wife, perhaps. Oh, yes! she's on board. Though I don't think she would have meddled. She would have been only too glad to have me out of the ship in any way. The 'brand of Cain' business, don't you see. That's all right. I was ready enough to go off wandering on the face of the earth — and that was price enough to pay for an Abel of that sort. Anyhow, he wouldn't listen to me. 'This thing must take its course. I represent the law here.' He was shaking like a leaf. 'So you won't?' 'No!' 'Then I hope you will be able to sleep on that,' I said, and turned my back on him. 'I wonder that *you* can,' cries he, and locks the door. — Well, after that, I couldn't. Not very well. That was three weeks ago. We have had a slow passage through the Java Sea; drifted about Carimata for ten days. When we anchored here they thought, I suppose, it was all right. The nearest land (and that's five miles) is the ship's destination; the consul would soon set about catching me; and there would have been no object in bolting to these islets there. I don't suppose there's a drop of water on them. I don't know how it was, but tonight that steward, after bringing me my supper, went out to let me eat it, and left the door unlocked. And I ate it — all there was, too. After I had finished I strolled out on the quarter-deck. I don't know that I meant to do anything. A breath of fresh air was all I wanted, I believe. Then a sudden

weil ich Erster war. Kein Erster hat jemals mehr als *eine* Reise auf der *Sephora* gemacht, müssen Sie wissen. Diese beiden alten Kerle regierten das Schiff. Der Teufel weiß, was der Käpten nicht alles fürchtete (er hatte in dem höllischen Wetter, das wir damals hatten, völlig seine Courage verloren) — entweder, was das Gesetz ihm alles anhaben könne — oder vielleicht seine Frau. Oh ja! Sie ist an Bord. Obwohl ich nicht glaube, daß sie sich eingemischt hätte. Sie wäre ja nur zu froh gewesen, mich auf beliebige Art loszuwerden. Sie wissen ja — die Geschichte mit dem ‚Kains-Mal'! Na ja, es ist nicht ganz verkehrt. Ich war bereit genug, ‚flüchtig und unstet auf Erden' zu sein — und der Preis war wirklich hoch für einen Abel dieser Art! Doch wie dem auch sei — der Käpten wollte mich nicht anhören. ‚Die Sache muß ihren Lauf nehmen. Ich vertrete hier das Gesetz.' Er zitterte wie Espenlaub. ‚Sie wollen also nicht?' ‚Nein!' ‚Nun, ich hoffe, Sie werden mit gutem Gewissen schlafen können', sagte ich und kehrte ihm den Rücken. ‚Ich staune, daß *Sie* es können!' rief er und versperrte die Tür. —

Nun, hiernach konnte ich es nicht. Nicht sehr gut. Das war vor drei Wochen. Wir hatten langsame Fahrt durch die Javastraße; trieben rund zehn Tage um Carimata. Als wir hier vor Anker gingen, dachten sie vermutlich, nun sei alles in Ordnung. Das nächste Ufer (und es ist fünf Meilen entfernt) ist der Bestimmungsort des Schiffes; dort würde der Konsul mich bald verhaften lassen; und nach einer jener Inseln auszubrechen hätte keinen Sinn gehabt. Ich glaube nicht, daß ein Tropfen Wasser dort zu finden ist. Ich weiß nicht, wie es kam; aber als mir heute Abend besagter Steward mein Essen gebracht hatte und mich allein ließ, um es zu verzehren, ließ er die Tür offen. Ich aß es auch — alles, was da war. Als ich fertig war, schlenderte ich hinaus aufs Achterdeck. Ich weiß nicht, ob ich dabei irgendwelche Absichten hatte. Ich glaube, ich wollte nur etwas

temptation came over me. I kicked off my slippers and was in the water before I had made up my mind fairly. Somebody heard the splash and they raised an awful hullabaloo. 'He's gone! Lower the boats! He's committed suicide! No, he's swimming.' Certainly I was swimming. It's not so easy for a swimmer like me to commit suicide by drowning. I landed on the nearest islet before the boat left the ship's side. I heard them pulling about in the dark, hailing, and so on, but after a bit they gave up. Everything quieted down and the anchorage became as still as death. I sat down on a stone and began to think. I felt certain they would start searching for me at daylight. There was no place to hide on those stony things — and if there had been, what would have been the good? But now I was clear of that ship, I was not going back. So after a while I took off all my clothes, tied them up in a bundle with a stone inside, and dropped them in the deep water on the outer side of that islet. That was suicide enough for me. Let them think what they liked, but I didn't mean to drown myself. I meant to swim still I sank — but that's not the same thing. I struck out for another of these little islands, and it was from that one that I first saw your riding-light. Something to swim for. I went on easily, and on the way I came upon a flat rock a foot or two above water. In the daytime, I dare say, you might make it out with a glass from your poop. I scrambled up on it and rested myself for a bit. Then I made another start. That last spell must have been over a mile."

His whisper was getting fainter and fainter, and all the time he stared straight out through the port-hole,

frische Luft schnappen. Dann überkam mich plötzlich die Versuchung. Ich streifte meine Hausschuhe ab und war im Wasser, ehe ich einen Entschluß gefaßt hatte. Jemand hörte den Aufschlag im Wasser, und sie erhoben ein furchtbares Gezeter. ‚Er ist weg! Laßt die Boote runter! Er hat Selbstmord begangen! Nein, er schwimmt!'

Allerdings, ich schwamm. Es ist für einen Schwimmer wie mich nicht leicht, Selbstmord durch Ertrinken zu begehen. Ich landete auf der nächsten Insel, ehe das Boot vom Schiff abstieß. Ich hörte sie im Dunkeln herumrudern, rufen und so weiter, doch nach einer Weile gaben sie's auf. Alles wurde ruhig, und die Reede war still wie das Grab. Ich setzte mich auf einen Stein und fing an nachzudenken. Ich war überzeugt, bei Tageslicht würden sie wieder nach mir suchen. Auf diesen steinigen Inseln war kein Versteck — und wenn, was hätte es mir genützt? Doch nun, da ich diesem Schiff entkommen war, würde ich nicht zurückgehen. So zog ich nach einer Weile alle meine Kleider aus, machte daraus ein Bündel mit einem Stein in der Mitte und versenkte sie im tiefen Wasser an der Außenseite der Insel. Das genügte mir als Selbstmord. Sollten sie denken, was sie mochten; aber ich hatte nicht die Absicht, mich zu ertränken. Ich wollte schwimmen, bis ich sank — aber das ist nicht dasselbe. Ich schwamm hinaus nach einer andern Insel, und von dort sah ich zum ersten Mal Ihr Ankerlicht. Ein Ziel, nach dem ich schwimmen konnte. Ich kam mühelos voran, und unterwegs stieß ich auf einen flachen Felsen, ein oder zwei Fuß über dem Wasser. Ich möchte meinen, daß Sie ihn bei Tageslicht mit einem Glas von Ihrer Hütte aus erkennen können. Ich kletterte hinauf und ruhte mich ein wenig aus. Dann machte ich einen zweiten Start. Die letzte Strecke muß mehr als eine Meile gewesen sein."

Sein Geflüster war immer leiser geworden, und er starrte die ganze Zeit zum Seitenfenster hinaus, durch das nicht einmal ein

in which there was not even a star to be seen. I had not interrupted him. There was something that made comment impossible in his narrative, or perhaps in himself; a sort of feeling, a quality, which I can't find a name for. And when he ceased, all I found was a futile whisper: "So you swam for our light?"

"Yes — straight for it. It was something to swim for. I couldn't see any stars low down because the coast was in the way, and I couldn't see the land, either. The water was like glass. One might have been swimming in a confounded thousand-feet deep cistern with no place for scrambling out anywhere; but what I didn't like was the notion of swimming round and round like a crazed bullock before I gave out; and as I didn't mean to go back... No. Do you see me being hauled back, stark naked, off one of these little islands by the scruff of the neck and fighting like a wild beast? Somebody would have got killed for certain, and I did not want any of that. So I went on. Then your ladder —"

"Why didn't you hail the ship?" I asked, a little louder.

He touched my shoulder lightly. Lazy footsteps came right over our heads and stopped. The second mate had crossed from the other side of the poop and might have been hanging over the rail, for all we knew.

"He couldn't hear us talking — could he?" My double breathed into my very ear, anxiously.

His anxiety was an answer, a sufficient answer, to the question I had put to him. An answer containing all the difficulty of that situation. I closed the porthole

Stern zu sehen war. Ich hatte ihn nicht unterbrochen. In seiner Erzählung war etwas, das jede Bemerkung unmöglich machte; oder vielleicht lag es an ihm selbst: ein Gefühl, eine Eigenheit, für die ich keinen Namen finden kann. Und als er aufhörte, fand ich nichts Anderes als ein überflüssiges geflüstertes: „Und so schwammen Sie auf unser Licht zu?"

„Ja — geradenwegs. Es war ein Ziel, auf das ich zuschwimmen konnte. Ich konnte tief unten keine Sterne sehen, weil die Küste sie abdeckte, und auch das Land konnte ich nicht sehen. Das Wasser war wie Glas. Man hätte genau so gut in einer verdammten tausend Fuß tiefen Zisterne schwimmen können, in der es keine Stelle gab, wo man herausklettern konnte; aber was mir das Ärgste war: das Gefühl, wie ein verrückter Bulle im Kreis zu schwimmen, ehe ich es aufgeben würde.

Und zurück wollte ich auf keinen Fall ... Nein. Können Sie sich vorstellen, wie man mich splitternackt von einer dieser kleinen Inseln zurückschleppt, hinten am Genick gepackt und kämpfend wie ein wildes Tier? Dabei wäre bestimmt jemand getötet worden, und davon hatte ich genug. Deshalb schwamm ich weiter. Dann Ihr Fallreep —"

„Warum riefen Sie das Schiff nicht an?" fragte ich etwas lauter.

Er berührte leise meine Schulter. Träge Schritte kamen gerade über unsere Köpfe und hielten inne. Der Zweite Offizier hatte von der andern Seite her das Schanzdeck überquert und hing jetzt vielleicht, ohne daß wir es ahnten, über der Reling.

„Er konnte uns doch nicht sprechen hören — oder?" flüsterte mir mein Doppelgänger ängstlich ins Ohr.

Seine Angst war eine Antwort, eine ausreichende Antwort auf die Frage, die ich ihm gestellt hatte. Eine Antwort, in der die ganze Schwierigkeit der Lage steckte. Ich schloß leise das

quietly, to make sure. A louder word might have been overheard.

"Who's that?" he whispered then.

"My second mate. But I don't know much more of the fellow than you do."

And I told him a little about myself. I had been appointed to take charge while I least expected anything of the sort, not quite a fortnight ago. I didn't know either the ship or the people. Hadn't had the time in port to look about me or size anybody up. And as to the crew, all they knew was that I was appointed to take the ship home. For the rest, I was almost as much of a stranger on board as himself, I said. And at the moment I felt it most acutely. I felt that it would take very little to make me a suspect person in the eyes of the ship's company.

He had turned about meantime; and we, the two strangers in the ship, faced each other in identical attitudes.

"Your ladder —" he murmured, after a silence. "Who'd have thought of finding a ladder hanging over at night in a ship anchored out here! I felt just then a very unpleasant faintness. After the life I've been leading for nine weeks, anybody would have got out of condition. I wasn't capable of swimming round as far as your rudder-chains. And, lo and behold! there was a ladder to get hold of. After I gripped it I said to myself, 'What's the good?' When I saw a man's head looking over I thought I would swim away presently and leave him shouting — in whatever language it was. I didn't mind being looked at. I — I liked it. And then you speaking to me so quietly — as if you had expect-

Bullauge — sicherheitshalber. Ein lauteres Wort hätte belauscht werden können.

„Wer ist das?" flüsterte er dann.

„Mein Zweiter. Aber von dem Burschen weiß ich kaum mehr als Sie."

Und ich erzählte ihm etwas über mich selbst: Ich war zu dem Kommando bestellt worden, als ich am wenigsten etwas Derartiges erwartete; vor nicht ganz zwei Wochen. Ich kannte weder das Schiff noch die Leute darauf. Im Hafen hatte ich weder Zeit mich umzusehen noch mir ein Urteil über einen von ihnen zu bilden. Was die Mannschaft betraf, so wußte sie von mir nichts weiter, als daß ich den Befehl hatte, das Schiff nach Hause zu bringen. Und im übrigen war ich an Bord fast ebenso fremd wie er, sagte ich. Im Augenblick empfand ich es besonders scharf. Ich spürte, wie wenig dazu gehören würde, mich in den Augen der Reederei zu einer ‚verdächtigen Persönlichkeit' zu stempeln.

Inzwischen hatte er sich umgewendet; und wir, die beiden Fremden an Bord, standen uns in genau gleicher Haltung gegenüber.

„Ihr Fallreep —" murmelte er nach einem Schweigen. „Wer hätte sich träumen lassen, nachts hier draußen an einem vor Anker liegenden Schiff ein herunterhängendes Fallreep zu finden! Gerade in dem Augenblick überfiel mich eine unerfreuliche Schwäche. Das Leben, das ich neun Wochen lang geführt hatte, hätte jeden außer Form gebracht. Ich war nicht einmal mehr imstande, auch nur bis zu Ihrer Sorgleinkette zu schwimmen! — Man sehe und staune: da ist ein Fallreep, an dem man sich festhalten kann! Nachdem ich es ergriffen hatte, sagte ich mir: ‚Was hat's für einen Sinn?' Und als ich den Kopf eines Mannes herunterschauen sah, gedachte ich sofort wegzuschwimmen — mochte er mir nachschreien, in welcher Sprache er Lust hatte! Es machte mir nichts aus, daß ich gesehen wurde. Ich — es machte

ed me — made me hold on a little longer. It had been a confounded lonely time — I don't mean while swimming. I was glad to talk a little to somebody that didn't belong to the *Sephora*. As to asking for the captain, that was a mere impulse. It could have been no use, with all the ship knowing about me and the other people pretty certain to be round here in the morning. I don't know — I wanted to be seen, to talk with somebody, before I went on. I don't know what I would have said... 'Fine night, isn't it?' or something of the sort."

"Do you think they will be round here presently?" I asked with some incredulity.

"Quite likely," he said, faintly. He looked extremely haggard all of a sudden. His head rolled on his shoulders.

"H'm. We shall see then. Meantime get into that bed," I whispered. "Want help? There."

It was a rather high bed-place with a set of drawers underneath. This amazing swimmer really needed the lift I gave him by seizing his leg. He tumbled in, rolled over on his back, and flung one arm across his eyes. And then, with his face nearly hidden, he must have looked exactly as I used to look in that bed. I gazed upon my other self for a while before drawing across carefully the two green serge curtains which ran on a brass rod. I thought for a moment of pinning them together for greater safety, but I sat down on the couch, and once there I felt unwilling to rise and hunt for a pin. I would do it in a moment. I was extremely tired, in a peculiarly intimate way, by the strain of stealthiness, by the effort of whispering and the general

mir Spaß! Und dann sprachen Sie so ruhig zu mir — als hätten Sie mich erwartet — daraufhin hielt ich mich etwas länger fest. Ich hatte eine verdammt einsame Zeit hinter mir — nicht während des Schwimmens natürlich. Ich war froh, zu einem Menschen zu sprechen, der nicht zur *Sephora* gehörte. Und daß ich nach dem Käpten fragte, das geschah ganz unwillkürlich. Es hätte zwecklos sein können — wenn das ganze Schiff von mir wußte und wo doch die andern ziemlich sicher am Morgen hier sein würden. Ich weiß nicht — ich wollte gesehen werden, mit jemanden sprechen, ehe ich weiterschwamm. Ich weiß nicht, was ich gesagt hätte... ‚Eine schöne Nacht, nicht wahr?' oder so was.

„Glauben Sie, man wird Sie bald hier suchen?" fragte ich ein wenig ungläubig.

„Höchstwahrscheinlich", sagte er matt. Plötzlich sah er ganz hager aus. Der Kopf sank ihm auf die Schulter.

„Hm... na ja; kommt Zeit, kommt Rat. Inzwischen legen Sie sich in die Koje dort", flüsterte ich. „Soll ich Ihnen helfen? Hier!"

Es war eine ziemlich hohe Koje, mit ein paar Schubfächern darunter. Dieser erstaunliche Schwimmer brauchte es wirklich, daß ich ihn anhob, indem ich sein Bein faßte. Er taumelte ins Bett, rollte sich auf den Rücken und warf einen Arm über die Augen. Als er so mit fast verborgenem Gesicht dalag, muß er genau so ausgesehen haben, wie ich in meinem Bett auszusehen pflegte. Ich betrachtete eine Weile mein zweites Ich, ehe ich sorgsam die beiden grünen Sergevorhänge zuzog, die über ein Messingstange liefen. Einen Augenblick dachte ich daran, sie aus Gründen größerer Sicherheit zusammenzustecken, aber ich setzte mich auf die Couch; und, einmal dort, hatte ich keine Lust mehr, wieder aufzustehen und nach einer Nadel zu suchen. Ich würde es nachher gleich tun. Ich war schrecklich müde, und es war eine merkwürdige, innere Abgespanntheit durch die anstrengende Heimlichkeit, das mühsame Flüstern und all das Geheimnisvolle

secrecy of this excitement. It was three o'clock by now and I had been on my feet since nine, but I was not sleepy; I could not have gone to sleep.

I sat there, fagged out, looking at the curtains, trying to clear my mind of the confused sensation of being in two places at once, and greatly bothered by an exasperating knocking in my head. It was a relief to discover suddenly that it was not in my head at all, but on the outside of the door. Before I could collect myself the words "Come in" were out of my mouth, and the steward entered with a tray, bringing in my morning coffee. I had slept, after all, and I was so frightened that I shouted, "This way! I am here, steward," as though he had been miles away. He put down the tray on the table next the couch and only then said, very quietly, "I can see you are here, sir." I felt him give me a keen look, but I dared not meet his eyes just then. He must have wondered why I had drawn the curtains of my bed before going to sleep on the couch. He went out, hooking the door open as usual.

I heard the crew washing decks above me. I knew I would have been told at once if there had been any wind. Calm, I thought, and I was doubly vexed. Indeed, I felt dual more than ever. The steward reappeared suddenly in the doorway. I jumped up from the couch so quickly than he gave a start.

"What do you want here?"

"Close your port, sir — they are washing decks."

"It is closed," I said, reddening.

"Very well, sir." But he did not move from the doorway and returned my stare in an extraordinary,

dieses Abenteuers. Jetzt war es drei Uhr — und ich war seit neun auf den Füßen gewesen. Aber ich war nicht schläfrig. Ich hätte nicht schlafen gehen können.

Ich saß ganz erschöpft da und starrte auf die Bettvorhänge und versuchte mich freizumachen von dem verworrenen Gefühl, an zwei Plätzen zugleich zu sein. Und dazu peinigte mich ein quälendes Pochen in meinem Kopf. Es war geradezu eine Erleichterung, als ich plötzlich entdeckte, daß es gar nicht in meinem Kopf war, sondern draußen an der Tür. Noch ehe ich mich fassen konnte, sagte mein Mund schon unwillkürlich „Herein", und der Steward trat mit einem Tablett ein und brachte mir den Morgenkaffee. Ich hatte also doch geschlafen! Und ich war so erschrocken, daß ich rief: „Hierher! Hier bin ich, Steward!", als wäre er meilenweit entfernt. Er stellte das Tablett auf den Tisch neben der Couch und sagte erst dann sehr ruhig: „Ich sehe, daß Sie hier sitzen, Sir!" Ich spürte, wie er mich scharf ansah, aber gerade jetzt wagte ich nicht, seinem Blick zu begegnen. Er muß sich gewundert haben, warum ich die Gardinen meiner Koje zugezogen hatte, ehe ich mich auf der Couch schlafen legte. Er ging, die Tür wie gewöhnlich nur einhakend.

Ich hörte die Mannschaft über mir das Deck waschen. Ich wußte, wenn wir auch nur eine Spur Wind gehabt hätten, so hätte man es mir sofort gemeldet. Windstille, dachte ich, doppelt verärgert. Tatsächlich fühlte ich mich zweigeteilter denn je. Der Steward erschien plötzlich in der Tür. Ich sprang so rasch von der Couch auf, daß er erschrak.

„Was wollen Sie hier?

„Ihr Bullauge schießen, Sir — das Deck wird gewaschen."

„Es ist zu", sagte ich und wurde rot.

„Danke, Sir." Aber er rührte sich nicht von der Schwelle und gab mir meinen Blick eine Weile auf eine ungewöhnliche, zwei-

equivocal manner for a time. Then his eyes wavered, all his expression changed, and in a voice unusually gentle, almost coaxingly: "May I come in to take the empty cup away, sir?"

"Of course!" I turned my back on him while he popped in and out. Then I unhooked and closed the door and even pushed the bolt. This sort of thing could not go on very long. The cabin was as hot as an oven, too. I took a peep at my double, and discovered that he had not moved, his arm was still over his eyes; but his chest heaved; his hair was wet; his chin glistened with perspiration. I reached over him and opened the port.

"I must show myself on deck," I reflected.

Of course, theoretically, I could do what I liked, with no one to say nay to me within the whole circle of the horizon; but to lock my cabin door and take the key away I did not dare. Directly I put my head out of the companion I saw the group of my two officers, the second mate barefooted, the chief mate in long indiarubber boots, near the break of the poop, and the steward half-way down the poop-ladder talking to them eagerly. He happened to catch sight of me and dived, the second ran down on the maindeck shouting some order or other, and the chief mate came to meet me, touching his cap.

There was a sort of curiosity in his eye that I did not like. I don't know whether the steward had told them that I was "queer" only, or downright drunk, but I know the man meant to have a good look at me. I watched him coming with a smile which, as he got into point-blank range, took effect and froze his very

deutige Art zurück. Dann wurden seine Augen unsicher, sein ganzer Ausdruck veränderte sich, und mit ungewöhnlich sanfter Stimme fragte er fast schmeichelnd: „Darf ich hereinkommen und die leere Tasse wegnehmen, Sir?"

„Natürlich!" Ich drehte ihm den Rücken, während er herein- und hinausging. Dann hakte ich die Tür auf, schloß sie richtig zu und schob sogar den Riegel vor. So konnte das nicht lange weitergehen. Noch dazu war die Kajüte heiß wie ein Ofen. Ich warf einen Blick auf meinen Doppelgänger und entdeckte, daß er sich nicht gerührt hatte; sein Arm lag noch über seinen Augen; aber seine Brust hob und senkte sich heftig; seine Haare waren naß; sein Kinn glänzte vor Schweiß. Ich griff über ihn hinweg und öffnete das Bullauge.

„Ich muß mich an Deck sehen lassen", überlegte ich.

Natürlich konnte ich theoretisch tun, was ich wollte, innerhalb des ganzen Horizontkreises konnte mir kein Mensch etwas verwehren; aber ich wagte es nicht, meine Kajütentür abzuschließen und den Schlüssel mitzunehmen.

Kaum hatte ich den Kopf aus dem Niedergang gesteckt, sah ich schon meine beiden Offiziere, den Zweiten barfuß, den Ersten in langen Gummistiefeln beim Ausgang der Hütte, und den Steward auf der halben Treppe, eifrig auf sie einredend. Zufällig sah er mich und tauchte nach unten; der Zweite lief das Hauptdeck hinunter und rief einen Befehl; und der Erste kam mir, die Hand an der Mütze, entgegen.

In seinen Augen war eine Art Neugierde, die mir nicht gefiel. Ich weiß nicht, hatte ihnen der Steward nur erzählt, daß ich „so sonderbar" oder regelrecht betrunken sei? Aber ich weiß, der Mann wollte mich gründlich betrachten. Ich sah ihn mit einem Lächeln auf mich zukommen, welches, als er auf Bajonettlänge heran war, so starr wurde, daß selbst sein Bart einfror.

whiskers. I did not give him time to open his lips. "Square the yards by lifts and braces before the hands go to breakfast."

It was the first particular order I had given on board that ship; and I stayed on deck to see it executed, too. I had felt the need of asserting myself without loss of time. That sneering young cub got taken down a peg or two on that occasion, and I also seized the opportunity of having a good look at the face of every foremast man as they filed past me to go to the after braces. At breakfast time, eating nothing myself, I presided with such frigid dignity that the two mates were only too glad to escape from the cabin as soon as decency permitted; and all the time the dual working of my mind distracted me almost to the point of insanity. I was constantly watching myself, my secret self, as dependent on my actions as my own personality, sleeping in that bed, behind that door which faced me as I sat at the head of the table. It was very much like being mad, only it was worse because one was aware of it.

I had to shake him for a solid minute, but when at last he opened his eyes it was in the full possession of his senses, with an inquiring look.

"All's well so far," I whispered. "Now you must vanish into the bath-room."

He did so, as noiseless as a ghost, and then I rang for the steward, and facing him boldly, directed him to tidy up my stateroom while I was having my bath — "and be quick about it." As my tone admitted of no excuses, he said, "Yes, sir," and ran off to fetch his

Ich ließ ihm keine Zeit, den Mund aufzumachen. „Lassen Sie die Rahen vierkant toppen und brassen, ehe die Mannschaft zum Frühstück geht!"

Es war der erste eigentliche Befehl, den ich an Bord jenes Schiffs gegeben hatte; und ich blieb an Deck, um ihn auch ausgeführt zu sehen. Ich empfand das Bedürfnis, meine Rechte unverzüglich geltend zu machen; dieser grinsende junge Tölpel sollte dabei ein paar Demütigungen einstecken; und ich ergriff zugeich die Gelegenheit, einen scharfen Blick in die Gesichter der Mannschaften zu werfen, als sie an mir vorbeidefilierten, um zu den Achterbrassen zu kommen. Beim Frühstück aß ich selbst nichts, präsidierte aber mit so eiskalter Würde, daß die beiden Offiziere nur zu froh waren, sich aus der Messe zu drücken, sobald der Anstand es erlaubte. Und dabei verwirrte mich die ganze Zeit der zweifache Gedankengang meines Hirns fast bis zum Wahnsinn: ständig sah ich mich, mein geheimes Ich, ebenso abhängig von meinem Verhalten wie meine eigene Person, dort in jenem Bett schlafend, hinter der Tür, die mir gegenüberlag, während ich am Kopfende des Tisches saß. Es war nicht viel anders als Wahnsinn, nur schlimmer, weil ich mir dessen bewußt war.

Ich mußte ihn eine volle Minute schütteln, doch als er endlich die Augen aufschlug, sah er mich mit vollem Bewußtsein fragend an.

„Bisher ist alles in Ordnung", flüsterte ich. „Jetzt müssen Sie dort im Badezimmer verschwinden."

Er tat es, lautlos wie ein Geist, und dann klingelte ich dem Steward und befahl ihm — ich sah ihn dabei scharf an — meine Kajüte zu reinigen, während ich mein Bad nähme: „— aber beeilen Sie sich damit!" Da mein Ton keine Ausflüchte zuließ, sagte er „Ja, Sir", und lief fort, um Besen und Schaufel zu holen. Ich

dust-pan and brushes. I took a bath and did most of my dressing, splashing, and whistling softly for the steward's edification, while the secret sharer of my life stood drawn up bolt upright in that little space, his face looking very sunken in daylight, his eyelids lowered under the stern, dark line of his eyebrows drawn together by a slight frown.

When I left him there to go back to my room the steward was finishing dusting. I sent for the mate and engaged him in some insignificant conversation. It was, as it were, trifling with the terrific character of his whiskers; but my object was to give him an opportunity for a good look at my cabin. And then I could at last shut, with a clear conscience, the door of my stateroom and get my double back into the recessed part. There was nothing else for it. He had to sit still on a small folding stool, half smothered by the heavy coats hanging there. We listened to the steward going into the bath-room out of the saloon, filling the water-bottles there, scrubbing the bath, setting things to rights, whisk, bang, clatter — out again into the saloon — turn the key — click.

Such was my scheme for keeping my second self invisible. Nothing better could be contrived under the circumstances. And there we sat; I at my writing-desk ready to appear busy with some papers, he behind me out of sight of the door. It would not have been prudent to talk in daytime; and I could not have stood the excitement of that queer sense of whispering to myself. Now and then, glancing over my shoulder, I saw him far back there, sitting rigidly on the low stool, his bare feet close together, his arms

nahm ein Bad und kleidete mich fast fertig an; ich pantschte und pfiff leise (zur moralischen Erbauung des Stewards), während der heimliche Teilhaber meines Lebens kerzengerade in dem kleinen Raum stand. Im Tageslicht sah sein Gesicht sehr eingesunken aus; er hielt die Lider gesenkt unter der strengen, dunklen Linie seiner Brauen, die ein leichtes Stirnrunzeln zusammenzog.

Als ich ihn dort verließ, um in mein Zimmer zurückzugehen, war der Steward gerade mit dem Staubwischen fertig. Ich ließ mir den Ersten Offizier rufen und hielt ihn in irgend einem belanglosen Gespräch fest. Es war freilich ziemlich läppisch bei dem fürchterlichen Charakter dieses Backenbarts; aber meine Absicht war, ihm die Gelegenheit zu geben, sich in meiner Kajüte recht gründlich umzusehen. Und dann konnte ich endlich mit reinem Gewissen die Tür meiner Kajüte abschließen und meinen Doppelgänger in ihren unübersichtlichen Teil bringen. Anders ging es nicht. Er mußte still auf einem kleinen Feldstuhl sitzen, halberstickt von den schweren Mänteln, die dort hingen. Wir hörten, wie der Steward aus dem Salon ins Badezimmer ging, dort die Wasserkaraffen füllte, die Wanne scheuerte, alle Gegenstände zurechtrückte, wischte, lärmte, klapperte, dann wieder hinausging in den Salon — er drehte den Schlüssel um — klick. Dies war mein Plan, wie ich mein zweites Ich unsichtbar machen konnte. Etwas Besseres ließ sich unter diesen Umständen nicht ersinnen. Und so saßen wir da; ich an meinem Schreibtisch, bereit, mich scheinbar eifrig mit einigen Papieren zu beschäftigen, er hinter mir, nicht in der Sicht der Tür. Es wäre nicht klug gewesen, tagsüber zu sprechen; und ich hätte die Erregung dieses seltsamen Gefühls, flüsternd mit mir selbst zu sprechen, einfach nicht ertragen. Ab und zu blickte ich über die Schulter und sah ihn weit dort hinten aufrecht auf dem niedrigen Stuhl, die nackten Füße nebeneinander, die Arme untergeschlagen, den Kopf

folded, his head hanging on his breast — and perfectly still. Anybody would have taken him for me.

I was fascinated by it myself. Every moment I had to glance over my shoulder. I was looking at him when a voice outside the door said: "Beg pardon, sir."

"Well!"... I kept my eyes on him, and so when the voice outside the door announced, "There's a ship's boat coming our way, sir," I saw him give a start — the first movement he had made for hours. But he did not raise his bowed head.

"All right. Get the ladder over."

I hesitated. Should I whisper something to him? But what? His immobility seemed to have been never disturbed. What could I tell him he did not know already?... Finally I went on deck.

The skipper of the *Sephora* had a thin red whisker all round his face, and the sort of complexion that goes with hair of that colour; also the particular, rather smeary shade of blue in the eyes. He was not exactly a showy figure; his shoulders were high, his stature but middling — one leg slightly more bandy than the other. He shook hands, looking vaguely around. A spiritless tenacity was his main characteristic, I judged. I behaved with a politeness which seemed to disconcert him. Perhaps he was shy. He mumbled to me as if he were ashamed of what he was saying; gave his name (it was something like Archbold — but at this distance of years I hardly am sure), his ship's name, and a few other particulars of that sort, in the manner of a criminal making a reluctant and doleful confession. He had

auf der Brust — und vollkommen still. Jedermann hätte ihn für mich gehalten.

Ich war selbst wie in einer Verzauberung. Jeden Augenblick mußte ich über meine Schulter schauen. Ich sah ihn gerade an, als eine Stimme draußen vor der Tür sagte: „Verzeihung, Sir..."

„Ja — und?" Meine Augen hielten ihn fest; und als die Stimme draußen meldete: Ein Boot von einem Schiff kommt auf uns zu, Sir", sah ich ihn zusammenzucken — es war die erste Bewegung, die er seit Stunden machte. Aber er hob den gesenkten Kopf nicht.

„Gut. Bringen Sie das Fallreep aus."

Ich zögerte. Sollte ich ihm etwas zuflüstern? Aber was? Es war, als sei seine Unbeweglichkeit nie gestört worden. Was konnte ich ihm sagen, was er nicht schon wußte?... Schließlich ging ich an Deck.

Der Kapitän der *Sephora* hatte eine dünne rote Bartkrause rings ums Gesicht, den Teint, der meist mit dieser Haarfarbe verbunden ist, und auch das eigenartige, etwas trübe Blau in den Augen. Er war nicht gerade eine stattliche Erscheinung; seine Schultern waren hoch, seine Gestalt war nur mittelgroß, das eine Bein sichtlich noch krummer als das andere. Er schüttelte uns die Hand und sah sich unsicher um. Eine geistlose Zähigkeit schien mir seine Haupteigenschaft zu sein. Ich behandelte ihn mit einer Höflichkeit, die ihn offenbar außer Fassung brachte. Vielleicht war er schüchtern. Er murmelte mir etwas zu, als schäme er sich über das, was er sagte; er nannte seinen Namen (so ähnlich wie Archbold — doch nach so langen Jahren weiß ich es nicht mehr sicher), den Namen seines Schiffes und ein paar andere Einzelheiten dieser Art ungefähr so, wie ein Verbrecher ein zögerndes und klägliches Geständnis ablegt. Er hatte schreckliches Wetter

had terrible weather on the passage out — terrible — terrible — wife aboard, too.

By this time we were seated in the cabin and the steward brought in a tray with a bottle and glasses. "Thanks! No." Never took liquor. Would have some water, though. He drank two tumblerfuls. Terrible thirsty work. Ever since daylight had been exploring the islands round his ship.

"What was that for — fun?" I asked, with an appearance of polite interest.

"No!" He sighed. "Painful duty."

As he persisted in his mumbling and I wanted my double to hear every word, I hit upon the notion of informing him that I regretted to say I was hard of hearing.

"Such a young man, too!" he nodded, keeping his smeary blue, unintelligent eyes fastened upon me. What was the cause of it — some disease? he inquired, without the least sympathy and as if he thought that, if so, I'd got no more than I deserved.

"Yes; disease," I admitted in a cheerful tone which seemed to shock him. But my point was gained, because he had to raise his voice to give me his tale. It is not worth while to record that version. It was just over two months since all this had happened, and he had thought so much about it that he seemed completely muddled as to its bearings, but still immensely impressed.

"What would you think of such a thing happening on board your own ship? I've had the *Sephora* for these fifteen years. I am a well-known shipmaster."

He was densely distressed — and perhaps I should

gehabt bei der Ausreise — schrecklich — schrecklich — dabei sei seine Frau an Bord.

Inzwischen setzten wir uns in die Messe und der Steward brachte ein Tablett mit Flasche und Gläsern herein. „Danke! Nein." Er trinke niemals Alkohol. Hätte aber gern etwas Wasser. Er trank zwei Becher voll.

Schrecklich durstige Arbeit. Er habe seit Tagesanbruch die Inseln rings um sein Schiff abgesucht.

„Warum taten Sie das — aus Spaß?" fragte ich mit scheinbar höflichem Interesse.

„Nein." Er seufzte. „Eine verdrießliche Pflicht."

Da er hartnäckig bei seinem Gemurmel blieb, ich aber wollte, daß mein Doppelgänger jedes Wort höre, kam ich auf den Einfall, ihm mitzuteilen, daß ich bedauerlicherweise schwerhörig sei.

„Ach nein — so ein junger Mann!" nickte er, die trüben unintelligenten blauen Augen auf mich geheftet. Was war die Ursache gewesen — eine Krankheit? fragte er, ohne leiseste Sympathie und als dächte er, wenn dies der Fall sei, so sei es wohlverdient.

„Ja, eine Krankheit", gab ich in munterem Tone zu, der ihm offenbar höchlichst mißfiel. Aber ich hatte meinen Zweck erreicht, denn jetzt mußte er mir seine Geschichte mit gehobener Stimme erzählen. Es lohnt sich nicht, seine Darstellung wiederzugeben. Es war eben etwas länger als zwei Monate her, seit dies alles geschehen war, und er hatte soviel darüber gegrübelt, daß er offenbar den wahren Sachverhalt völlig durcheinander brachte, aber noch ungeheuer davon beeindruckt war.

„Was würden Sie denken, wenn so etwas an Bord Ihres Schiffes passierte? Ich habe die *Sephora* jetzt fünfzehn Jahre gefahren. Ich bin ein bekannter Kapitän."

Er war sehr betrübt; und vielleicht hätte er mir leid getan,

have sympathised with him if I had been able to detach my mental vision from the unsuspected sharer of my cabin as though he were my second self. There he was on the other side of the bulkhead, four or five feet from us, no more, as we sat in the saloon. I looked politely at Captain Archbold (if that was his name), but it was the other I saw, in a grey sleeping-suit, seated on a low stool, his bare feet close together, his arms folded, and every word said between us falling into the ears of his dark head bowed on his chest.

"I have been at sea now, man and boy, for seven-and-thirty years, and I've never heard of such a thing happening in an English ship. And that it should be *my* ship. Wife on board, too."

I was hardly listening to him.

"Don't you think," I said, "that the heavy sea which, you told me, came aboard just then might have killed the man? I have seen the sheer weight of a sea kill a man very neatly, by simply breaking his neck."

"Good God!" he uttered, impressively, fixing his smeary blue eyes on me. "The sea! No man killed by the sea ever looked like that." He seemed positively scandalised at my suggestion. And as I gazed at him, certainly not prepared for anything original on his part, he advanced his head close to mine and thrust his tongue out at me so suddenly that I couldn't help starting back.

After scoring over my calmness in this graphic way he nodded wisely. If I had seen the sight, he assured me, I would never forget it as long as I lived. The weather was too bad to give the corpse a proper sea burial. So next day at dawn they took it up on the

wenn der unerwartete Teilhaber meiner Kajüte mir nicht so als mein zweites Ich vor Augen geschwebt hätte. Nebenan war er, auf der anderen Seite der Trennungswand, nicht mehr als vier oder fünf Fuß von uns, während wir in der Messe saßen. Ich blickte höflich auf Kapitän Archbold (wenn er so hieß); aber ich sah den andern, im grauen Schlafanzug auf einem niedrigen Stuhl, die bloßen Füße nebeneinander, die Arme verschränkt, und jedes unserer Worte drang in die Ohren jenes dunklen, gebeugten Kopfes.

„Ich bin jetzt (als Junge und als Mann) siebenunddreißig Jahre zur See gefahren; aber nie habe ich gehört, daß auf einem englischen Schiff so etwas passiert ist! Und daß es *mein* Schiff sein mußte! Noch dazu meine Frau an Bord!"

Ich hörte ihm kaum zu.

„Meinen Sie nicht", sagte ich, „daß die schwere See, die, wie Sie mir sagten, gerade in jenem Augenblick über Bord fegte, den Mann getötet haben könnte? Ich habe es selbst einmal gesehen, wie das bloße Gewicht einer Sturzsee einen Mann glatt totgeschlagen hat: sie hat ihm einfach das Genick gebrochen."

„Großer Gott!" rief er sehr nachdrücklich und heftete seine trüben blauen Augen auf mich, „die Sturzsee! So hat noch kein Mensch ausgesehen, den eine Sturzsee erschlagen hat!" Er schien geradezu entrüstet über meine Vermutung. Und als ich ihn anblickte — keineswegs gefaßt auf etwas Ungewöhnliches seinerseits — schob er seinen Kopf dicht an den meinen heran und streckte so plötzlich die Zunge heraus, daß ich unwillkürlich zurückfuhr.

Nachdem er auf diese bildhafte Art meine Ruhe abgeurteilt hatte, nickte er weise. Hätte ich das gesehen, versicherte er mir, so würde ich es im Leben nicht vergessen. Das Wetter sei zu schlecht gewesen, um die Leiche anständig zu versenken. Also habe man sie beim nächsten Morgengrauen aufs Achterdeck

poop, covering its face with a bit of bunting; he read a short prayer, and then, just as it was, in its oilskins and long boots, they launched it amongst those mountainous seas that seemed ready every moment to swallow up the ship herself and the terrified lives on board of her.

"That reefed foresail saved you," I threw in.

"Under God — it did," he exclaimed fervently. "It was by a special mercy, I firmly believe, that it stood some of those hurricane squalls."

"It was the setting of that sail which ——" I began.

"God's own hand in it," he interrupted me. "Nothing less could have done it. I don't mind telling you that I hardly dared give the order. It seemed impossible that we could touch anything without losing it, and then our last hope would have been gone."

The terror of that gale was on him yet. I let him go on for a bit, then said, casually — as if returning to a minor subject: "You were very anxious to give up your mate to the shore people, I believe?"

He was. To the law. His obscure tenacity on that point had in it something incomprehensible and a little awful; something, as it were, mystical, quite apart from his anxiety that he should not be suspected of "countenancing any doings of that sort." Seven-and-thirty virtuous years at sea, of which over twenty of immaculate command, and the last fifteen in the *Sephora*, seemed to have laid him under some pitiless obligation.

"And you know," he went on, groping shamefacedly amongst his feelings, "I did not engage that

gebracht und das Gesicht mit etwas Segeltuch verdeckt; er habe ein kurzes Gebet gelesen und dann hätten sie den Toten, wie er war, im Ölzeug mit langen Stiefeln, in diese Wellenberge geschoben, die jeden Augenblick bereit schienen, das Schiff selbst zu verschlingen, und mit ihm die schreckensstarren Wesen an Bord.

„Das gereffte Vorsegel hat Sie gerettet", warf ich ein.

„Bei Gott — das tat es!" rief er eifrig. „Ich glaube fest, es war eine besondere Gnade des Himmels, daß es diese Hurrikanböen überstanden hat!"

„Aber es war das Setzen des Focksegels, das —" begann ich.

„Da hatte Gott selbst die Hand im Spiel", unterbrach er mich. „Kein Geringerer hätte es fertiggebracht. Ich gestehe Ihnen offen ein, daß ich kaum wagte, diesen Befehl zu geben. Es schien unmöglich, daß wir etwas anrühren konnten, ohne daß es sofort über Bord ging, und dann wäre unser letzte Hoffnung vernichtet gewesen."

Das Entsetzen jenes Unwetters steckte noch immer in ihm. Ich ließ ihn ein Weilchen weiterreden, dann sagte ich beiläufig, als kehre ich zu einem geringfügigen Gegenstand zurück: „Sie waren wohl sehr darauf aus, Ihren Ersten Offizier den Leuten an Land auszuliefern, scheint mir?"

Das war er; dem Gesetz. Seine lächerliche Zähigkeit in diesem Punkt hatte etwas Unbegreifliches und Schauriges; etwas geradezu Mystisches, ganz abgesehen von seiner Angst, in den Verdacht zu kommen, er habe „eine derartige Tat unterstützt". Seine siebenunddreißig Jahre makellosen Seemannslebens, davon mehr als zwanzig als Kapitän und mindestens fünfzehn auf der *Sephora*, hatten ihm offenbar erbarmungslose Verpflichtung dazu auferlegt.

„Und wissen Sie", fuhr er fort, verlegen Ausdruck für seine Gefühle suchend, „ich habe diesen jungen Mann nicht selbst

young fellow. His people had some interest with my owners. I was in a way forced to take him on. He looked very smart, very gentlemanly, and all that. But do you know — I never liked him, somehow. I am a plain man. You see, he wasn't exactly the sort for the chief mate of a ship like the *Sephora*."

I had become so connected in thoughts and impressions with the secret sharer of my cabin that I felt as if I, personally, were being given to understand that I, too, was not the sort that would have done for the chief mate of a ship like the *Sephora*. I had no doubt of it in my mind.

"Not at all the style of man. You understand," he insisted, superfluously, looking hard at me.

I smiled urbanely. He seemed at a loss for a while.

"I suppose I must report a suicide."

"Beg pardon?"

"Sui-cide! That's what I'll have to write to my owners directly I get in."

"Unless you manage to recover him before tomorrow," I assented, dispassionately... "I mean, alive."

He mumbled something which I really did not catch, and I turned my ear to him in a puzzled manner. He fairly bawled: "The land — I say, the mainland is at least seven miles off my anchorage."

"About that."

My lack of excitement, of curiosity, of surprise, of any sort of pronounced interest, began to arouse his distrust. But except for the felicitous pretence of deafness I had not tried to pretend anything. I had felt utterly incapable of playing the part of ignorance properly, and therefore was afraid to try. It is also

angeheuert. Seine Familie hatte Beziehungen zu meinen Reedern. Ich war gewissermaßen gezwungen ihn zu nehmen. Er sah sehr klug aus, sehr vornehm und all das. Aber wissen Sie — irgendwie mochte ich ihn nie recht leiden. Ich bin ein einfacher Mann. Sehen Sie, er war kein Erster Offizier für ein Schiff wie die *Sephora*."

Ich war in Gedanken und Empfindungen schon so verbunden mit dem geheimen Teilhaber meiner Kajüte, daß mir zumute war, als habe man mir selbst zu verstehen gegeben,

daß ich mich nicht zum Ersten Offizier eines Schiffs wie die *Sephora* geeignet hätte. Daran zweifelte ich im Geiste keinen Augenblick.

„Durchaus ungeeignet. Sie verstehen", wiederholte er beharrlich und überflüssigerweise und sah mich dabei scharf an.

Ich lächelte weltmännisch. Er schien eine Weile verlegen.

„Ich glaube, ich muß einen Selbstmord melden."

„Wie bitte?"

„Selbst-Mord! Das werde ich meinen Reedern berichten müssen, sobald wir einlaufen."

„Es sei denn, es gelänge Ihnen, ihn noch heute zu finden", stimmte ich gleichgültig zu... „Lebendig, meine ich."

Er murmelte etwas, was ich tatsächlich nicht verstand, und ich wandte ihm betreten den Kopf zu. Er brüllte förmlich: „Das Land — ich sagte, das Festland ist mindestens sieben Meilen von meinem Ankerplatz entfernt."

„Ja, so ungefähr."

Er begann mißtrauisch zu werden über meinen Mangel an Aufregung, Neugier, Überraschung und jedem betonten Interesse. Jedoch außer der glücklichen Vorspiegelung von Taubheit hatte ich nicht zu heucheln versucht. Ich fühlte mich völlig außerstande, geschickt die Rolle des Unwissenden zu spielen, und deshalb fürchtete ich den Versuch. Sicherlich war er auch mit einem

certain that he had brought some ready-made suspicions with him, and that he viewed my politeness as a strange and unnatural phenomenon. And yet how else could I have received him? Not heartily! That was impossible for psychological reasons, which I need not state here. My only object was to keep off his inquiries. Surlily? Yes, but surliness might have provoked a point-blank question. From its novelty to him and from its nature, punctilious courtesy was the manner best calculated to restrain the man. But there was the danger of his breaking through my defence bluntly. I could not, I think, have met him by a direct lie, also for psychological (not moral) reasons. If he had only known how afraid I was of his putting my feeling of identity with the other to the test! But, strangely enough — (I thought of it only afterwards) — I believe that he was not a little disconcerted by the reverse side of that weird situation, by something in me that reminded him of the man he was seeking — suggested a mysterious similitude to the young fellow he had distrusted and disliked from the first.

However that might have been, the silence was not very prolonged. He took another oblique step. "I reckon I had no more than a two-mile pull to your ship. Not a bit more."

"And quite enough, too, in this awful heat," I said.

Another pause full of mistrust followed. Necessity, they say, is mother of invention, but fear, too, is not barren of ingenious suggestions. And I was afraid he would ask me point-blank for news of my other self.

"Nice little saloon, isn't it?" I remarked, as if noticing for the first time the way his eyes roamed from one

bereits feststehenden Verdacht hergekommen; und sicherlich empfand er meine Höflichkeit als fremdartig und unnatürlich. Dennoch — wie hätte ich ihn sonst empfangen sollen? Herzlich keinesfalls. Das war unmöglich aus psychologischen Gründen, die ich hier nicht zu nennen brauche. Mein einziges Ziel war, seine Fragen abzuwehren. Mürrisch? Ja, aber Griesgrämigkeit hätte vielleicht eine direkte Frage herausgefordert. Peinlichste Höflichkeit war ihrer Art nach und da sie ihm neu war, die geeignetste Methode, den Mann in Schranken zu halten. Doch es bestand die Gefahr, daß er meine Verteidigung plump durchbrechen könnte. Ich glaube, mit einer direkten Lüge hätte ich ihm nicht begegnen können, ebenfalls aus psychologischen (nicht moralischen) Gründen. Wenn er nur gewußt hätte, wie sehr ich fürchtete, daß er mein Gefühl der Identität mit dem Andern auf die Probe stellen könnte! Aber sonderbarerweise — (ich dachte erst nachher daran) — war er wohl ziemlich verwirrt durch die Kehrseite dieser unheimlichen Situation, durch etwas in mir, was ihn an den Mann erinnerte, den er suchte — durch die Ahnung einer geheimen Ähnlichkeit mit dem jungen Menschen, dem er mißtraut, den er von Anfang an nicht gemocht hatte.

Nun, wie es auch war — das Schweigen währte nicht allzulange. Er versuchte auf andere Art auf den Busch zu klopfen. „Ich glaube, wir hatten knapp zwei Meilen zu Ihrem Schiff zu rudern. Kein bißchen mehr."

„Gerade genug bei dieser schrecklichen Hitze", sagte ich.

Wieder eine mißtrauische Pause. Notwendigkeit ist die Mutter der Phantasie, sagt man; aber ich glaube, auch die Furcht ist ein fruchtbarer Boden für phantasievolle Eingebungen. Und ich fürchtete, er würde mich geradeheraus nach meinem zweiten Ich fragen.

„Hübsche kleine Messe", warf ich hin, „nicht wahr?" Ich tat, als bemerke ich zum ersten Mal, wie seine Augen von einer ge-

closed door to the other. "And very well fitted out, too. Here, for instance," I continued, reaching over the back of my seat negligently and flinging the door open, "is my bath-room."

He made an eager movement, but hardly gave it a glance. I got up, shut the door of the bath-room, and invited him to have a look round, as if I were very proud of my accommodation. He had to rise and be shown round, but he went through the business without any raptures whatever.

"And now we'll have a look at my stateroom," I declared, in a voice as loud as I dared to make it, crossing the cabin to the starboard side with purposely heavy steps.

He followed me in and gazed around. My intelligent double had vanished. I played my part.

"Very convenient — isn't it?"

"Very nice. Very comf..." He didn't finish and went out brusquely as if to escape from some unrighteous wiles of mine. But it was not to be. I had been too frightened not to feel vengeful; I felt I had him on the run, and I meant to keep him on the run. My polite insistence must have had something menacing in it, because he gave in suddenly. And I did not let him off a single item; mate's room, pantry, storerooms, the very sail-locker which was also under the poop — he had to look into them all. When at last I showed him out on the quarter-deck he drew a long, spiritless sigh, and mumbled dismally that he must really be going back to his ship now. I desired my mate, who had joined us, to see to the captain's boat.

The man of whiskers gave a blast on the whistle

schlossenen Tür zur andern liefen. „Und dazu alles sehr bequem eingerichtet. Hier, zum Beispiel", fuhr ich fort, „ist mein Bad." Ich griff nachlässig über meine Stuhllehne und stieß die Tür auf.

Er machte eine rasche Bewegung, warf aber kaum einen Blick hinein. Ich stand auf, schloß die Tür des Badezimmers und lud ihn ein, sich überall umzusehen,

als sei ich sehr stolz auf meine Räumlichkeiten. Er mußte sich erheben und herumführen lassen, doch er ließ es ohne jede Begeisterung über sich ergehen.

„Und jetzt wollen wir meine Kajüte ansehen", erklärte ich so laut, wie ich es wagen durfte,

indem ich die Messe mit absichtlich schwerem Schritt nach Steuerbord hinüber durchquerte.

Er folgte mir und sah sich um. Mein kluger Doppelgänger war verschwunden. Ich spielte meine Rolle.

„Sehr bequem — finden Sie nicht?"

„Sehr hübsch! Sehr be..." Er sprach nicht zu Ende und ging schroff hinaus, wie um irgendwelchen unredlichen Tücken von mir zu entgehen. Aber das wollte ich nicht. Ich hatte zu große Angst gehabt, um nicht rachsüchtig zu sein. Ich merkte, jetzt hatte ich Oberwasser, und ich durfte ihn nicht zu Atem kommen lassen. Meine höfliche Beharrlichkeit schien ihm offenbar bedrohlich; denn plötzlich gab er nach. Ich erließ ihm keine Einzelheit; die Kajüte des Ersten, die Speisekammer, die Vorratsräume, sogar die Segelplicht — sie befand sich unter der Schanzhütte — er mußte überall hineinsehen. Als ich ihn endlich aufs Achterdeck führte, stieß er einen langen, mutlosen Seufzer aus und murmelte unfreundlich, daß er jetzt wirklich zu seinem Schiff müsse. Ich befahl meinem Ersten, der sich angeschlossen hatte, das Boot klar machen zu lassen.

Der Mann mit dem Backenbart pfiff mit der Pfeife, die er

which he used to wear hanging round his neck, and yelled, "*Sephora's* away!" My double down there in my cabin must have heard, and certainly could not feel more relieved than I. Four fellows came running out from somewhere forward and went over the side, while my own men, appearing on deck too, lined the rail.

I escorted my visitor to the gangway ceremoniously, and nearly overdid it. He was a tenacious beast. On the very ladder he lingered, and in that unique, guiltily conscientious manner of sticking to the point: "I say . . . you . . . you don't think that —"

I covered his voice loudly: "Certainly not . . . I am delighted. Goodbye."

I had an idea of what he meant to say, and just saved myself by the privilege of defective hearing. He was too shaken generally to insist, but my mate, close witness of that parting, looked mystified and his face took on a thoughtful cast.

As I did not want to appear as if I wished to avoid all communication with my officers, he had the opportunity to address me.

"Seems a very nice man. His boat's crew told our chaps a very extraordinary story, if what I am told by the steward is true. I suppose you had it from the captain, sir?"

"Yes. I had a story from the captain."

"A very horrible affair — isn't it, sir?"

"It is."

"Beats all these tales we hear about murders in Yankee ships."

gewöhnlich um den Hals trug, und rief laut: „Sephoraboot klar!"
Mein Doppelgänger dort unten in meiner Kajüte mußte es gehört
haben und konnte sich nicht erleichterter fühlen als ich. Irgend-
woher kamen vier Matrosen gelaufen und kletterten über die
Reling, während meine eigenen Leute ebenfalls an Deck er-
schienen und an der Reling Spalier bildeten.

Ich geleitete meinen Gast feierlich zum Fallreep und tat fast
zu viel des Guten. Er war ein zäher Brocken. Sogar auf dem Fallreep zögerte er noch und fragte in dieser merkwürdig schuld-
bewußten Art, nicht locker zu lassen: „Sagen Sie ... Sie ... Sie
glauben wohl nicht, daß —"

Ich übertönte seine Stimme mit einem lauten: „Aber keineswegs ... wirklich, es hat mich gefreut. Leben Sie wohl."

Ich konnte mir vorstellen, was er hatte sagen wollen, und
rettete mich mit knapper Not in die Vorteile der Schwerhörigkeit.
Er war zu allgemein zermürbt, um auf seiner Frage zu beharren;
aber mein Erster — er war naher Augenzeuge jenes Abschieds —
sah sehr verwundert aus und machte ein nachdenkliches Gesicht.
Da ich den Anschein vermeiden wollte, ich wiche jeder Berührung
mit meinen Offizieren aus, bot ich ihm die Gelegenheit, mich an-
zusprechen.

„Scheint wirklich ein netter Mann zu sein. Die Bootsmann-
schaft hat unseren Leuten — wenn es wahr ist, was mir der Steward sagte — eine höchst außergewöhnliche Geschichte erzählt.
Ich vermute, Sie hörten sie vom Käpten selbst, Sir?"

„Ja. Ja. Ich hörte sie vom Käpten selbst."

„Eine schauderhafte Sache — finden Sie nicht, Sir?"

„Gewiß."

„Übertrifft alle Geschichten, die man von den Morden auf den
Yankeeschiffen hört."

"I don't think it beats them. I don't think it resembles them in the least."

"Bless my soul — you don't say so! But of course I've no acquaintance whatever with American ships, not I, so I couldn't do against your knowledge. It's horrible enough for me... But the queerest part is that those fellows seemed to have some idea the man was hidden aboard here. They had really. Did you ever hear of such a thing?"

"Preposterous — isn't it?"

We were walking to and fro athwart the quarter-deck. No one of the crew forward could be seen (the day was Sunday), and the mate pursued: "There was some little dispute about it. Our chaps took offence. 'As if we would harbour a think like that,' they said. 'Wouldn't you like to look for him in our coal-hole?' Quite a tiff. But they made it up in the end. I suppose he did drown himself. Don't you, sir?"

"I don't suppose anything."

"You have no doubt in the matter, sir?"

"None whatever."

I left him suddenly. I felt I was producing a bad impression, but with my double down there it was most trying to be on deck. And it was almost as trying to be below. Altogether a nerve-trying situation. But on the whole I felt less torn in two when I was with him. There was no one in the whole ship whom I dared take into my confidence. Since the hands had got to know his story, it would have been impossible to pass him off for any one else, and an accidental discovery was to be dreaded now more than ever...

The steward being engaged in laying the table for

„Sie übertrifft sie nicht, finde ich; ich finde, sie gleicht ihnen nicht im geringsten."

„Du meine Güte, was Sie nicht sagen! Aber natürlich kenne ich überhaupt kein amerikanisches Schiff; ich nicht, und deshalb müssen Sie's wohl besser wissen.

Ich finde es schrecklich genug... Aber das Sonderbarste daran ist, daß diese Burschen sich einzubilden scheinen, der Mann sei hier an Bord versteckt! Tatsächlich! Haben Sie schon jemals sowas gehört?"

„Verrückte Idee — nicht wahr?"

Wir gingen hinten auf dem Achterdeck auf und ab. Von der Mannschaft vorn war niemand zu sehen (es war ein Sonntag) und der Erste fuhr fort: „Es gab sogar einen Streit darüber. Unsere Leute waren beleidigt. ‚Als ob wir so einen Kerl verstecken würden!' sagten sie. ‚Wollt ihr ihn nicht vielleicht in unserm Kohlenbunker suchen?' Ein ziemlicher Krach. Aber schließlich vertrugen sie sich wieder. Ich denke, er hat sich ertränkt. Meinen Sie nicht, Sir?"

„Ich meine gar nichts."

„Aber die Sache selbst bezweifeln Sie nicht, Sir?"

„Nicht im geringsten."

Ich ließ ihn kurzerhand stehen. Ich merkte, daß ich einen schlechten Eindruck machte; aber in Anbetracht meines Doppelgängers dort unten war es sehr gewagt, an Deck zu bleiben. Jedoch unten zu sein, war fast ebenso schlimm. Alles in allem eine nervenzermürbende Lage. Ich fühlte mich im ganzen genommen weniger zweigeteilt, wenn ich mit ihm zusammen war. Es gab niemanden auf dem ganzen Schiff, den ich gewagt hätte, ins Vertrauen zu ziehen. Da die Leute die Geschichte erfahren hatten, war es unmöglich, ihn für einen anderen auszugeben, und eine zufällige Entdeckung war mehr zu fürchten denn je.

Der Steward war gerade damit beschäftigt, den Tisch zum

dinner, we could talk only with our eyes when I first went down. Later in the afternoon we had a cautious try at whispering. The Sunday quietness of the ship was against us; the stillness of air and water around her was against us; the elements, the men were against us — everything was against us in our secret partnership; time itself — for this could not go on forever. The very trust in Providence was, I suppose, denied to his guilt. Shall I confess that this thought cast me down very much? And as to the chapter of accidents which counts for so much in the book of success, I could only hope that it was closed. For what favourable accident could be expected?

"Did you hear everything?" were my first words as soon as we took up our position side by side, leaning over my bed-place.

He had. And the proof of it was his earnest whisper, "The man told you he hardly dared to give the order."

I understood the reference to be to that saving foresail.

"Yes. He was afraid of it being lost in the setting."

"I assure you he never gave the order. He may think he did, but he never gave it. He stood there with me on the break of the poop after the maintopsail blew away, and whimpered about our last hope — positively whimpered about it and nothing else — and the night coming on! To hear one's skipper go on like that in such weather was enough to drive any fellow out of his mind. It worked me up into a sort of desperation. I just took it into my own hands and went away from him, boiling, and —— But what's the use telling you? *You* know! . . . Do you think that if I had

Dinner zu decken, und so konnten wir uns zuerst, als ich hinunterging, nur mit den Augen verständigen. Später am Nachmittag wagten wir vorsichtig zu flüstern. Die Sonntagsstille auf dem Schiff war gegen uns; die Stille der Luft und des Wassers um das Schiff war gegen uns; die Menschen, die Elemente waren gegen uns: alles war gegen unsere heimliche Partnerschaft; sogar die Zeit — denn immer konnte es so nicht weitergehen. Und das Vertrauen in die Vorsehung war vermutlich seiner Schuld versagt Darf ich bekennen, daß mich dieser Gedanke sehr niedergeschlagen machte? Und was das Kapitel „Zufall" betrifft, das im Buch des Erfolges eine so große Rolle spielt: ich konnte nur hoffen, daß es abgeschlossen sei. Denn welcher günstige Zufall war zu erwarten?

„Haben Sie alles gehört?" waren meine ersten Worte, sobald wir unsern Platz Seite an Seite eingenommen hatten. Wir lehnten uns über mein Bett.

Er hatte es gehört. Das bewies sein ernstes Geflüster: „Der Mann sagte Ihnen, daß er kaum gewagt habe, den Befehl zu geben."

Ich verstand den Hinweis auf jenes rettende Vorsegel.

„Ja. Er fürchtete, das Vorsegel beim Setzen zu verlieren."

„Ich versichere Ihnen, er hat den Befehl niemals gegeben. Er mag sich's vielleicht einbilden, aber er hat's nicht getan. Er stand mit mir am Ausgang der Schanzhütte, nachdem das Großmarssegel weggeblasen war und wimmerte laut über unsere letzte Hoffnung; tatsächlich, er wimmerte darüber, und weiter nichts — und dazu kam die Nacht! Wenn man seinen Käpten bei solchem Wetter so reden hört, dann genügt das, um jeden Menschen aus der Fassung zu bringen. Mich trieb es zur Verzweiflung. Ich nahm einfach alles selbst in die Hand und ging weg von ihm; ich kochte vor Wut, und — aber was hat's für einen Sinn, Ihnen das zu erzählen? *Sie* wissen es! ... Glauben Sie, wenn ich nicht

not been pretty fierce with them I should have got the men to do anything? Not it! The bo's'n perhaps? Perhaps! It wasn't a heavy sea — it was a sea gone mad! I suppose the end of the world will be something like that; and a man may have the heart to see it coming once and be done with it — but to have to face it day after day —— I don't blame anybody. I was precious little better than the rest. Only — I was an officer of that old coal-wagon, anyhow ——"

"I quite understand," I conveyed that sincere assurance into his ear. He was out of breath with whispering; I could hear him pant slightly. It was all very simple. The same strung-up force which had given twenty-four men a chance, at least, for their lives, had, in a sort of recoil, crushed an unworthy mutinous existence.

But I had no leisure to weigh the merits of the matter — footsteps in the saloon, a heavy knock. "There's enough wind to get under way with, sir." Here was the call of a new claim upon my thoughts and even upon my feelings.

"Turn the hands up," I cried through the door. "I'll be on deck directly."

I was going out to make the acquaintance of my ship. Before I left the cabin our eyes met — the eyes of the only two strangers on board. I pointed to the recessed part where the little camp-stool awaited him and laid my finger on my lips. He made a gesture — somewhat vague — a little mysterious, accompanied by a faint smile, as if of regret.

This is not the place to enlarge upon the sensations

ziemlich scharf zu den Leuten gewesen wäre, ich hätte sie dazu gebracht, einen Finger zu rühren? Bestimmt nicht. Vielleicht der Bootsmann? Vielleicht! Es war keine schwere See, es war eine rasend gewordene See! Ich glaube, so ähnlich wird das Ende der Welt sein! Und man kann vielleicht den Mut haben, dies kommen zu sehen — und dann ist alles vorbei; aber ihm Tag für Tag gegenüberzustehen — ich will keinen anklagen. Ich war verdammt wenig besser als die Übrigen. Nur — ich war Offizier auf dieser alten Kohlenschaukel, jedenfalls —"

„Ich verstehe Sie vollkommen!" Ich flüsterte ihm diese aufrichtige Versicherung ins Ohr. Er war außer Atem von dem Geflüster; ich konnte ihn leise keuchen hören. Es war alles sehr einfach. Dieselbe angespannte Kraft, die vierundzwanzig Menschen zumindest eine Chance für ihr Leben gegeben hatte, hatte mit einer Art Rückschlag ein wertloses Meutererdasein zermalmt.

Doch ich hatte keine Muße, die Werte in dieser Sache abzuwägen. Schritte in der Messe, ein schweres Klopfen. „Es ist genug Wind, Sir, um in See zu gehen." Hier wurde eine neue Anforderung an meine Gedanken und sogar an meine Gefühle gestellt.

„Holen Sie alle Mann an Deck", sagte ich durch die Tür. „Ich werde sofort oben sein."

Ich wollte hinausgehen, um mich mit meinem Schiff bekannt zu machen. Ehe ich die Kajüte verließ, trafen sich unsere Augen — die Augen der beiden einzigen Fremden an Bord. Ich wies auf den hintenliegenden Teil der Kammer, wo der kleine Feldstuhl auf ihn wartete, und legte den Finger an meine Lippen. Er machte — etwas unklar — eine geheimnisvolle Geste, die er mit einem schwachen, fast bedauernden Lächeln begleitete.

Dies ist nicht der Platz, mich über die Empfindungen eines

of a man who feels for the first time a ship move under his feet to his own independent word. In my case they were not unalloyed. I was not wholly alone with my command; for there was that stranger in my cabin. Or rather, I was not completely and wholly with her. Part of me was absent. That mental feeling of being in two places at once affected me physically as if the mood of secrecy had penetrated my very soul. Before an hour had elapsed since the ship had begun to move, having occasion to ask the mate (he stood by my side) to take a compass bearing of the Pagoda, I caught myself reaching up to his ear in whispers. I say I caught myself, but enough had escaped to startle the man. I can't describe it otherwise than by saying that he shied. A grave, preoccupied manner, as though he were in possession of some perplexing intelligence, did not leave him henceforth. A little later I moved away from the rail to look at the compass with such a stealthy gait that the helmsman noticed it — and I could not help noticing the unusual roundness of his eyes.

These are trifling instances, though it's to no commander's advantage to be suspected of ludicrous eccentricities. But I was also more seriously affected. There are to a seaman certain words, gestures, that should in given conditions come as naturally, as instinctively as the winking of a menaced eye. A certain order should spring on to his lips without thinking; a certain sign should get itself made, so to speak, without reflection. But all unconscious alertness had abandoned me. I had to make an effort of will to recall myself back (from the cabin) to the

Mannes auszulassen, der zum ersten Mal fühlt, daß sich ein Schiff ganz allein auf sein Kommando unter seinen Füßen in Bewegung setzt. In meinem Fall waren sie nicht ungetrübt. Ich hatte das Kommando nicht ganz allein; denn in meiner Kajüte war der Fremde. Oder eher: ich war nicht mit ganzem Herzen bei meinem Schiff. Ein Teil von mir war abwesend. Das seelische Gefühl, an zwei Orten zugleich zu sein, beeinflußte mich mit einem Male körperlich, als sei mir die Stimmung der Heimlichkeit bis ins Herz gedrungen. Knapp eine Stunde, nachdem sich das Schiff in Bewegung gesetzt hatte, ergab sich die Gelegenheit, daß ich den Ersten (er stand neben mir) ersuchen mußte, eine Kompaßpeilung der Pagode zu nehmen — und ich ertappte mich dabei, daß ich mich reckte, um ihm diese Weisung ins Ohr zu flüstern! Ich sage: ich ertappte mich — aber es war mir genug entschlüpft, um den Mann zu erschrecken. Ich kann es nicht anders beschreiben, als indem ich sage: ich machte ihn kopfscheu. Von da ab war er nicht mehr anders als ernst und befangen, als sei er im Besitz einer verblüffenden Erkenntnis. Kurz darauf ging ich von der Reling fort, um nach dem Kompaß zu sehen, und zwar so verstohlen schleichend, daß es dem Mann am Ruder auffiel; und ich wiederum konnte nicht umhin zu sehen, daß er ungewöhnlich runde Augen machte. Dies sind belanglose Beispiele, obwohl es keinem Kapitän zum Vorteil gereicht, wenn man ihn lächerlicher Überspanntheit verdächtigt. Doch es beeinflußte mich noch ernstlicher. Für einen Seemann gibt es gewisse Worte, Gesten, die unter gegebenen Umständen ganz selbstverständlich sind — instinktiv wie das Blinzeln eines bedrohten Auges. Gewisse Befehle müssen ihm auf die Lippen springen, ohne daß er nachdenkt; er muß gewisse Zeichen unwillkürlich machen, sozusagen ohne Überlegung. Ich jedoch hatte alle unbewußte Wachsamkeit verloren. Es kostete mich eine Willensanstrengung, mich (aus meiner Kajüte) zu den Bedingungen des Augenblicks zu-

conditions of the moment. I felt that I was appearing an irresolute commander to those people who were watching me more or less critically.

And, besides, there were the scares. On the second day out, for instance, coming off the deck in the afternoon (I had straw slippers on my bare feet) I stopped at the open pantry door and spoke to the steward. He was doing something there with his back to me. At the sound of my voice he nearly jumped out of his skin, as the saying is, and incidentally broke a cup.

"What on earth's the matter with you?" I asked, astonished.

He was extremely confused. "Beg your pardon, sir. I made sure you were in your cabin."

"You see I wasn't."

"No, sir. I could have sworn I had heard you moving in there not a moment ago. It's most extraordinary ... very sorry, sir."

I passed on with an inward shudder. I was so identified with my secret double that I did not even mention the fact in those scanty, fearful whispers we exchanged. I suppose he had made some slight noise of some kind or other. It would have been miraculous if he hadn't at one time or another. And yet, haggard as he appeared, he looked always perfectly selfcontrolled, more than calm — almost invulnerable. On my suggestion he remained almost entirely in the bathroom, which, upon the whole, was the safest place. There could be really no shadow of an excuse for any one ever wanting to go in there, once the steward had done with it. It was a very tiny place. Sometimes he

rückzurufen. Ich spürte, daß ich diesen Leuten, die mich mehr oder weniger kritisch beobachteten, als unschlüssiger Befehlshaber erschien.

Und außerdem meine Ängste! Am zweiten Tage auf See zum Beispiel kam ich nachmittags vom Deck (ich hatte Strohschuhe an den nackten Füßen); ich blieb an der offenen Tür der Pantry stehen und sprach den Steward an.

Er hantierte dort mit dem Rücken zu mir. Beim Ton meiner Stimme fuhr er fast aus der Haut vor Schreck, wie man sagt, und zerbrach versehentlich eine Tasse.

„Was um alles in der Welt ist denn mit Ihnen?" fragte ich erstaunt.

Er war außerordentlich verwirrt. „Verzeihung, Sir. Ich war überzeugt, daß Sie in Ihrer Kajüte sind."

„Sie sehen, das war ein Irrtum."

„Sicher, Sir. Ich hätte schwören mögen, daß ich Sie vor einer Sekunde drinnen hörte. Es ist höchst sonderbar ... Verzeihung, Sir."

Innerlich erschauernd ging ich weiter. Ich war so eins mit meinem heimlichen Doppelgänger, daß ich diese Begebenheit in unsern spärlichen, ängstlich geflüsterten Gesprächen nicht einmal erwähnte. Ich nehme an, er hatte irgendein Geräusch gemacht. Es wäre auch geradezu ein Wunder gewesen, wenn das nicht gelegentlich geschehen wäre. Dennoch, so hager er aussah, er schien immer vollkommen selbstbeherrscht, mehr als nur ruhig — beinahe unverletzlich. Er hielt sich auf meinen Vorschlag hin fast ganz und gar im Badezimmer auf, das, alles in allem, der sicherste Ort schien. Es gab für niemanden auch nur den Schatten einer Entschuldigung, jemals dort hinein zu wollen, sobald der Steward es aufgeräumt hatte. Es war ein winziger Raum. Manchmal ruhte mein Doppelgänger auf dem Fußboden, die

reclined on the floor, his legs bent, his head sustained on one elbow. At others I would find him on the campstool, sitting in his grey sleeping-suit and with his cropped dark hair like a patient, unmoved convict. At night I would smuggle him into my bed-place, and we would whisper together, with the regular footfalls of the officer of the watch passing and repassing over our heads.

It was an infinitely miserable time. It was lucky that some tins of fine preserves were stowed in a locker in my stateroom; hard bread I could always get hold of; and so he lived on stewed chicken, paté de foie gras, asparagus, cooked oysters, sardines — on all sorts of abominable sham delicacies out of tins. My early morning coffee he always drank; and it was all I dared do for him in that respect.

Every day there was the horrible manœuvring to go through so that my room and then the bath-room should be done in the usual way. I came to hate the sight of the steward, to abhor the voice of that harmless man. I felt that it was he who would bring on the disasters of discovery. It hung like a sword over our heads.

The fourth day out, I think (we were then working down the east side of the Gulf of Siam, tack for tack, in light winds and smooth water) — the fourth day, I say, of this miserable juggling with the unavoidable, as we sat at our evening meal, that man, whose slightest movement I dreaded, after putting down the dishes ran up on deck busily. This could not be dangerous. Presently he came down again; and then it

Beine hochgezogen, den Kopf auf einen Ellbogen gestützt. Zu andern Stunden fand ich ihn auf dem Feldstuhl; da saß er dann in seinem grauen Schlafanzug mit seinem kurzgeschnittenen schwarzen Haar wie ein geduldiger, unbeweglicher Sträfling. Nachts pflegte ich ihn in meine Koje zu schmuggeln, und dann flüsterten wir miteinander, während über unsern Köpfen die regelmäßigen Schritte des wachhabenden Offiziers auf und nieder gingen.

Es war eine unendlich klägliche Zeit. Glücklicherweise waren in einer Lade meiner Kammer einige Dosen guter Konserven verstaut; hartes Brot konnte ich mir immer verschaffen; und so lebte er von gedünstetem Huhn, Gänseleberpastete, Spargel, gekochten Austern, Sardinen: von allen Sorten scheußlicher sogenannter Delikatessen aus der Büchse. Er trank immer meinen Morgenkaffee; und das war alles, was ich in dieser Hinsicht für ihn zu tun wagte.

Jeden Tag mußten wir ein schreckliches Manöver veranstalten, damit meine Kajüte und dann mein Bad in gewohnter Weise reingemacht werden konnten. Ich lernte den Anblick des Stewards hassen, die Stimme dieses harmlosen Mannes verabscheuen. Ich spürte, daß er es war, der das Unglück der Entdeckung über uns bringen würde. Es hing wie ein Schwert über unseren Häuptern.

Es war, glaube ich, an unserm vierten Tag auf See (wir arbeiteten uns die Ostseite des Golfs von Siam entlang, immer in Kreuzschlägen, bei leichtem Wind und ruhiger See) — am vierten Tag also dieses kläglichen Jonglierens mit dem Unvermeidlichen, als wir beim Abendessen saßen, daß dieser Mann, dessen leiseste Bewegung ich fürchtete, die Schüsseln hinstellte und eilig an Deck hinauflief. Das konnte nicht gefährlich sein. Gleich darauf kam er wieder herunter; und es stellte sich heraus, daß er sich an

appeared that he had remembered a coat of mine which I had thrown over a rail to dry after having been wetted in a shower which had passed over the ship in the afternoon. Sitting stolidly at the head of the table I became terrified at the sight of the garment on his arm. Of course he made for my door. There was no time to lose.

"Steward," I thundered. (My nerves were so shaken that I could not govern my voice and conceal my agitation. This was the sort of thing that made my terrifically whiskered mate tap his forehead with his forefinger. I had detected him using that gesture while talking on deck with a confidential air to the carpenter. It was too far to hear a word, but I had no doubt that this pantomime could only refer to the strange new captain.)

"Yes, sir," the pale-faced steward turned resignedly to me. It was this maddening course of being shouted at, checked without rhyme or reason, arbitrarily chased out of my cabin, suddenly called into it, sent flying out of his pantry on incomprehensible errands, that accounted for the growing wretchedness of his expression.

"Where are you going with that coat?"

"To your room, sir."

"Is there another shower coming?"

"I'm sure I don't know, sir. Shall I go up again and see, sir?"

"No! never mind."

My object was attained, as of course my other self in there would have heard everything that passed. During this interlude my two officers never raised their

einen meiner Mäntel erinnert hatte; ich hatte ihn zum Trocknen über die Reling gelegt, nachdem er von einem Regenschauer, der am Nachmittag über das Schiff hinwegging, durchnäßt worden war. Während ich eisern am Kopfende unserer Tafel saß, entsetzte ich mich beim Anblick dieses Kleidungsstückes über seinem Arm. Natürlich wollte er auf meine Tür zu. Es war keine Zeit zu verlieren.

„Steward!" donnerte ich ihn an. (Meine Nerven waren so zerrüttet, daß ich weder meine Stimme beherrschen noch meine Aufregung verbergen konnte. Solche Dinge waren es, die meinen fürchterlich bärtigen Ersten veranlaßten, mit dem Zeigefinger an seine Stirn zu tippen. Ich hatte ihn bei dieser Geste ertappt, während er an Deck mit vertraulicher Miene etwas zu dem Zimmermann sagte. Ich war zu weit entfernt, um ein Wort zu hören, aber ich zweifelte nicht daran, daß sich diese Gebärde nur auf den wunderlichen neuen Kapitän beziehen konnte.)

„Jawohl, Sir!" Der Steward wandte mir resigniert sein blasses Gesicht zu. Sein zunehmend kläglicher Ausdruck war die Folge dieser verrückten Jagd: bald schrie ich ihn an, bald tadelte ich ihn ohne Sinn und Verstand, bald trieb ich ihn willkürlich aus meiner Kajüte oder rief ihn plötzlich herein und schickte ihn in wilder Eile mit unverständlichen Aufträgen aus seiner Pantry hinaus.

„Wohin gehen Sie mit diesem Mantel?"

„In Ihre Kajüte, Sir."

„Droht denn wieder ein Regen?"

„Wirklich — das weiß ich nicht, Sir. Soll ich nach oben gehen und nachsehen, Sir?"

„Nein, nein — lassen Sie nur."

Mein Zweck war erreicht, da natürlich mein zweites Ich innen alles gehört haben mußte, was vorging. Während dieses Zwischenfalls hoben meine beiden Offiziere den Blick nicht von ihren

eyes off their respective plates; but the lip of that confounded cub, the second mate, quivered visibly.

I expected the steward to hook my coat on and come out at once. He was very slow about it; but I dominated my nervousness sufficiently not to shout after him. Suddenly I became aware (it could be heard plainly enough) that the fellow for some reason or other was opening the door of the bath-room. It was the end. The place was literally not big enough to swing a cat in. My voice died in my throat and I went stony all over. I expected to hear a yell of surprise and terror, and made a movement, but had not the strength to get on my legs. Everything remained still. Had my second self taken the poor wretch by the throat? I don't know what I could have done next moment if I had not seen the steward come out of my room, close the door, and then stand quietly by the sideboard.

"Saved," I thought. "But, no! Lost! Gone! He was gone!"

I laid my knife and fork down and leaned back in my chair. My head swam. After a while, when sufficiently recovered to speak in a steady voice, I instructed my mate to put the ship round at eight o'clock himself.

"I won't come on deck," I went on. "I think I'll turn in, and unless the wind shifts I don't want to be disturbed before midnight. I feel a bit seedy."

"You did look middling bad a little while ago," the chief mate remarked without showing any great concern.

They both went out, and I stared at the steward clearing the table. There was nothing to be read on

Tellern, aber die Lippe jenes verdammten jungen Burschen, des Zweiten Offiziers, zitterte sichtlich.

Ich erwartete, daß mein Steward den Mantel hinhängen und sofort herauskommen würde. Er ließ sich sehr viel Zeit dazu; aber ich beherrschte meine Nervosität wenigstens so weit, daß ich ihn nicht zurückrief. Plötzlich bemerkte ich (man konnte es deutlich hören), daß der Mann aus diesem oder jenem Grund die Tür des Badezimmers öffnete. Das war das Ende. Der Raum war buchstäblich nicht groß genug, um sich dreimal darin umzudrehen. Die Stimme erstarb mir in der Kehle und ich versteinerte förmlich. Ich erwartete einen Ausruf der Überraschung oder des Schreckens und machte eine Bewegung — aber ich hatte nicht die Kraft, auf die Beine zu kommen. Alles blieb still. Hatte mein Doppelgänger den armen Burschen bei der Kehle? Ich weiß nicht, was ich getan hätte, wenn ich nicht gesehen hätte, wie der Steward aus meiner Kajüte kam, die Tür schloß und sich still neben die Anrichte stellte.

„Gerettet!" dachte ich. „Nein! Verloren! Alles aus! Er ist fort!"

Ich legte Messer und Gabel hin und lehnte mich in meinen Sessel zurück. Mir schwamm es vor den Augen. Nach einer Weile, als ich mich genügend erholt hatte, um mit fester Stimme sprechen zu können, befahl ich meinem Ersten, das Wenden des Schiffes um acht Uhr zu übernehmen.

„Ich werde nicht an Deck kommen", fuhr ich fort. „Ich glaube, ich lege mich hin, und wenn der Wind nicht umspringt, will ich bis Mitternacht nicht gestört werden. Ich fühle mich nicht recht wohl."

„Sie sahen auch vor einer Weile ziemlich schlecht aus", bemerkte mein Erster, ohne besonderes Interesse zu bekunden.

Die beiden gingen hinaus, und ich starrte den Steward an, der den Tisch abräumte. Auf dem Gesicht des armen Kerls war nichts

that wretched man's face. But why did he avoid my eyes I asked myself. Then I thought I should like to hear the sound of his voice.

"Steward!"

"Sir!" Startled as usual.

"Where did you hang up that coat?"

"In the bath-room, sir." The usual anxious tone. "It's not quite dry yet, sir."

For some time longer I sat in the cuddy. Had my double vanished as he had come? But of his coming there was an explanation, whereas his disappearance would be inexplicable... I went slowly into my dark room, shut the door, lighted the lamp, and for a time dared not turn round. When at last I did I saw him standing bolt-upright in the narrow recessed part. It would not be true to say I had a shock, but an irresistible doubt of his bodily existence flitted through my mind. Can it be, I asked myself, that he is not visible to other eyes than mine? It was like being haunted. Motionless, with a grave face, he raised his hands slightly at me in a gesture which meant clearly, "Heavens! what a narrow escape!" Narrow indeed. I think I had come creeping quietly as near insanity as any man who has not actually gone over the border. That gesture restrained me, so to speak.

The mate with the terrific whiskers was now putting the ship on the other tack. In the moment of profound silence which follows upon the hands going to their stations I heard on the poop his raised voice: "Hard a-lee!" and the distant shout of the order re-

zu lesen. Aber warum wich er meinem Blick aus, fragte ich mich. Dann dachte ich, es würde mir wohl tun, den Klang seiner Stimme zu hören.

„Steward!"

„Jawohl, Sir?" Es klang erschrocken wie gewöhnlich.

„Wo haben Sie den Mantel hingehängt?"

„Ins Badezimmer, Sir", — der übliche ängstliche Ton! — „Er ist noch nicht ganz trocken."

Ich blieb noch eine Zeit in der Messe sitzen. War mein Doppelgänger verschwunden, wie er gekommen war? Für sein Kommen gab es eine Erklärung, sein Verschwinden aber wäre unerklärlich... Ich begab mich langsam in meine dunkle Kajüte, schloß die Tür, zündete die Lampe an und wagte mich eine Weile nicht umzusehen. Als ich es endlich tat, sah ich ihn kerzengerade in dem schmalen Winkel stehen. Es wäre nicht ganz richtig, wenn ich sagte, es gab mir einen Schock, aber mir fuhr ein unbezwinglicher Zweifel an seinem körperlichen Dasein durch den Sinn. Ich fragte mich, ob es sein könne, daß er für alle andern Augen als die meinen unsichtbar war. Es war wie ein Spuk. Regungslos mit ernstem Gesicht hob er bloß leicht die Hände zu mir hin — eine Geste, die deutlich besagte: „Himmel! Mit knapper Not davongekommen!" Wirklich, mit knapper Not! Ich glaube, ich war dem Irrsinn unmerklich so nahe wie irgendeiner, der die Grenzlinie gerade noch nicht ganz überschritten hat. Es war sozusagen diese kleine Handbewegung, die mich zurückhielt.

Der Erste mit dem schrecklichen Bart ließ jetzt das Schiff über Stag gehen. In dem Augenblick tiefer Stille, die einsetzt, wenn die Mannschaft ihre Plätze eingenommen hat, hörte ich von der Hütte seine erhobene Stimme: „Ruder in Lee!" und die laute Stimme auf dem Hauptdeck, die den Befehl wiederholte. Die

peated on the maindeck. The sails, in that light breeze, made but a faint fluttering noise. It ceased. The ship was coming round slowly; I held my breath in the renewed stillness of expectation; one wouldn't have thought that there was a single living soul on her decks. A sudden brisk shout, "Mainsail haul!" broke the spell, and in the noisy cries and rush overhead of the men running away with the main-brace we two, down in my cabin, came together in our usual position by the bed-place.

He did not wait for my question. "I heard him fumbling here and just managed to squat myself down in the bath," he whispered to me. "The fellow only opened the door and put his arm in to hang the coat up. All the same —"

"I never thought of that," I whispered back, even more appalled than before at the closeness of the shave, and marvelling at that something unyielding in his character which was carrying him through so finely. There was no agitation in his whisper. Whoever was being driven distracted, it was not he. He was sane. And the proof of his sanity was continued when he took up the whispering again.

"It would never do for me to come to life again."

It was something that a ghost might have said. But what he was alluding to was his old captain's reluctant admission of the theory of suicide. It would obviously serve his turn — if I had understood at all the view which seemed to govern the unalterable purpose of his action.

"You must maroon me as soon as ever you can get amongst these islands off the Cambodje shore," he went on.

Segel machten, da die Brise so leicht war, nur ein leise flatterndes Geräusch. Es erstarb. Das Schiff kam langsam herum. Ich hielt in der erneuten erwartungsvollen Stille den Atem an;
man hätte meinen können, es sei keine einzige lebende Seele auf den Decks. Ein kurzer scharfer Ruf: „Großsegel brassen!" brach den Bann, und unter dem Lärm der Rufe und Schritte der Mannschaft über uns, welche die Großbrasse durchholten, nahmen wir beide drunten in meiner Kajüte unsere gewohnte Stellung an der Koje ein.

Er wartete nicht erst meine Frage ab. „Ich hörte ihn hier herumhantieren und konnte mich gerade noch im Badezimmer hinkauern", flüsterte er mir zu. „Er machte bloß die Tür auf und streckte den Arm herein, um den Mantel aufzuhängen. Trotzdem..."

„An so etwas habe ich nie gedacht!" flüsterte ich zurück, jetzt noch erschrockener als zuvor, weil es so an einem Haar gehangen hatte! Ich bestaunte die Unbeugsamkeit in seinem Charakter, die ihn so etwas so glänzend durchstehen ließ. In seinem Geflüster klang keine Erregung. Wenn jemand zum Irrsinn getrieben wurde, er war es nicht. Er war geistig gesund. Und er bewies weiter seine Vernunft, als er seine Rede flüsternd wieder aufnahm.

„Es wird niemals wieder einen Sinn für mich haben, ins Leben zurückzukehren."

Das hätte ein Gespenst sagen können. Doch er spielte damit nur auf das zögernde Zugeständnis seines alten Kapitäns an, es könnte Selbstmord gewesen sein. Das kam offenbar seinem Plan entgegen — wenn ich überhaupt begriffen hatte, nach welchem Gesichtspunkt er seine unabänderliche Absicht verfolgte.

„Sie müssen mich aussetzen, sobald Sie nur irgend an die Inseln vor der Kambodschaküste herankommen können", fuhr er fort.

"Maroon you! We are not living in a boy's adventure tale," I protested.

His scornful whispering took me up. "We aren't indeed! There's nothing of a boy's tale in this. But there's nothing else for it. I want no more. You don't suppose I am afraid of what can be done to me? Prison or gallows or whatever they may please. But you don't see me coming back to explain such things to an old fellow in a wig and twelve respectable tradesmen, do you? What can they know whether I am guilty or not — or of *what* I am guilty, either? That's my affair.

What does the Bible say? 'Driven off the face of the earth.' Very well. I am off the face of the earth now. As I came at night so I shall go."

"Impossible!" I murmured. "You can't."

"Can't? . . . Not naked like a soul on the Day of Judgement. I shall freeze on to this sleeping-suit. The Last Day is not yet — and . . . you have understood thoroughly. Didn't you?"

I felt suddenly ashamed of myself. I may say truly that I understood — and my hesitation in letting that man swim away from my ship's side had been a mere sham sentiment, a sort of cowardice.

"It can't be done now till next night," I breathed out. "The ship is on the off-shore tack and the wind may fail us."

"As long as I know that you understand," he whispered. "But of course you do. It's a great satisfaction to have got somebody to understand. You seem to have been there on purpose." And in the same whisper, as if we two whenever we talked had to say things

„Sie aussetzen! Wir spielen doch keine Abenteuergeschichten für Jungens!" widersprach ich.

Sein höhnisches Flüstern machte mich ganz betroffen. „Weiß Gott, das tun wir nicht! Was wir erleben, hat keine Ähnlichkeit mit einer Abenteuergeschichte für Jungens! Aber es bleibt uns nichts Anderes übrig. Ich will gar nichts Besseres. Sie glauben doch nicht, daß ich Angst habe vor dem, was mir geschehen kann? Gefängnis oder Galgen oder was ihnen beliebt. Aber Sie können sich doch wohl nicht vorstellen, daß ich zurückkomme, um einem alten Richter mit Perücke und zwölf ehrbaren Krämerseelen solche Dinge zu erklären! Oder? Wie können die wissen, ob ich schuldig bin oder nicht — oder *wessen* ich schuldig bin? Das ist meine Sache. Was sagt die Bibel? ‚Unstet und flüchtig sollst du sein auf Erden'. Nun gut. Ich flüchte jetzt vom Angesicht der Erde. Wie ich nachts gekommen bin, so werde ich gehen."

„Unmöglich", murmelte ich. „Das können Sie nicht."

„Kann ich nicht? ... Nicht nackt wie eine Seele am jüngsten Tage! Ich werde mit diesem Schlafanzug zusammenwachsen. Noch ist der Jüngste Tag nicht da — und ... Sie haben mich doch vollkommen verstanden? Nicht wahr?"

Plötzlich schämte ich mich meiner selbst. Ich darf ehrlich sagen, daß ich ihn verstand — und mein Zögern, diesen Mann von meinem Schiff wegschwimmen zu lassen, war erheuchelt gewesen, war eine gewisse Feigheit.

„Es kann nicht früher geschehen als morgen Nacht", flüsterte ich. „Das Schiff liegt vom Lande ab, und der Wind kann nachlassen."

„Wenn ich nur weiß, daß Sie mich verstehen!" flüsterte er. „Und natürlich verstehen Sie mich. Es ist eine große Genugtuung, jemanden zu haben, der einen versteht. Offenbar sind Sie mir zu diesem Zweck gesandt worden." Und ebenso flüsternd — als sei alles, was wir uns zu sagen hatten, nicht für die Ohren der

to each other which were not fit for the world to hear, he added, "It's very wonderful."

We remained side by side talking in our secret way — but sometimes silent or just exchanging a whispered word or two at long intervals. And as usual he stared through the port. A breath of wind came now and again into our faces. The ship might have been moored in dock, so gently and on an even keel she slipped through the water, that did not murmur even at our passage, shadowy and silent like a phantom sea.

At midnight I went on deck, and to my mate's great surprise put the ship round on the other tack. His terrible whiskers flitted round me in silent criticism. I certainly should not have done it if it had been only a question of getting out of that sleepy gulf as quickly as possible. I believe he told the second mate, who relieved him, that it was a great want of judgment. The other only yawned. That intolerable cub shuffled about so sleepily and lolled against the rails in such a slack, improper fashion that I came down on him sharply.

"Aren't you properly awake yet?"

"Yes, sir! I am awake."

"Well, then, be good enough to hold yourself as if you were. And keep a look-out. If there's any current we'll be closing with some islands before daylight."

The east side of the gulf is fringed with islands, some solitary, others in groups. On the blue background of the high coast they seem to float on silvery patches of calm water, arid and grey, or dark green

übrigen Welt bestimmt — fügte er hinzu: „Das ist sehr wunderbar."

Wir blieben Seite an Seite in unserer heimlichen Zwiesprache. Aber manchmal schwiegen wir oder tauschten mit langen Zwischenpausen ein geflüstertes Wort. Wie gewöhnlich sah er aus dem Fenster. Dann und wann wehte uns ein Windhauch ins Gesicht. Das Schiff hätte gerade so im Dock vertäut sein können, so sanft und auf so ebenem Kiel glitt es durchs Wasser, das, schattenhaft und stumm wie ein Traummeer, nicht einmal murmelte, während wir hindurchglitten.

Um Mitternacht ging ich an Deck und brachte zum größten Staunen meines Ersten das Schiff auf den andern Bug. In schweigender Kritik umhuschte mich sein schrecklicher Backenbart. Ich würde es bestimmt nicht getan haben, wenn es sich nur darum gehandelt hätte, so rasch wie möglich aus diesem schläfrigen Golf zu kommen.

Ich glaube, er sagte zum Zweiten, der ihn ablöste, daß das einen großen Mangel an Urteilskraft verriete. Der andere gähnte bloß. Dieser unleidliche junge Bursche schlurfte so schläfrig umher und lehnte sich so lässig und ungehörig an die Reling, daß ich ihn scharf rügte.

„Sind Sie noch nicht richtig wach?"

„Doch, Sir. Ich bin wach."

„Gut, dann benehmen Sie sich gefälligst entsprechend! Und halten Sie guten Ausguck! Wenn wir in eine Strömung kommen, sind wir noch vor Tageslicht in der Nähe einiger Inseln."

Die Ostseite des Golfs ist von Inseln umsäumt; manche liegen einzeln, andere in Gruppen. Sie scheinen gegen den blauen Hintergrund der hohen Küste auf silbernen Flecken stillen Wassers zu treiben, dürr und grau oder dunkelgrün und gerundet wie Lor-

and rounded like clumps of evergreen bushes, with the larger ones, a mile or two long, showing the outlines of ridges, ribs of grey rock under the dank mantle of matted leafage. Unknown to trade, to travel, almost to geography, the manner of life they harbour is an unsolved secret. There must be villages — settlements of fishermen at least — on the largest of them, and some communication with the world is probably kept up by native craft. But all that forenoon, as we headed for them, fanned along by the faintest of breezes, I saw no sign of man or canoe in the field of the telescope I kept on pointing at the scattered group.

At noon I gave no orders for a change of course, and the mate's whiskers became much concerned and seemed to be offering themselves unduly to my notice. At last I said: "I am going to stand right in. Quite in — as far as I can take her."

The stare of extreme surprise imparted an air of ferocity also to his eyes, and he looked truly terrific for a moment.

"We're not doing well in the middle of the gulf," I continued, casually. "I am going to look for the land breezes to-night."

"Bless my soul! Do you mean, sir, in the dark amongst the lot of all them islands and reefs and shoals?"

"Well — if there are any regular land breezes at all on this coast one must get close inshore to find them, mustn't one?"

"Bless my soul!" he exclaimed again under his breath. All that afternoon he wore a dreamy, contemplative appearance which in him was a mark of per-

beerbüsche; die größeren — ein bis zwei Meilen lang — zeigen die Umrisse von Hügelketten und unter dem feuchten Mantel nassen Laubs graue Felsenrippen. Welche Art von Leben sie beherbergen, ist ein ungelöstes Rätsel: denn der Handel, dem Touristenverkehr und fast sogar der Geographie sind sie unbekannt. Es müssen Dörfer, zumindest Siedlungen von Fischern auf den größten Inseln sein; und die Fahrzeuge der Eingeborenen halten wahrscheinlich irgend eine Verbindung mit der Welt aufrecht. Aber jenen ganzen Vormittag, während dessen wir, von einer ganz schwachen Brise getrieben, auf sie zuhielten, sah ich keine Spur von einem Menschen oder einem Kanu im Blickfeld meines Fernrohrs, das ich ständig auf die verstreuten Inseln richtete.

Mittags gab ich keinen Befehl zur Änderung des Kurses, und der Backenbart des Ersten wurde sehr besorgt und schien sich ungebührlich meiner Beachtung aufzudrängen. Endlich sagte ich: „Ich werde auf Land zuhalten. Ganz nahe — so nahe ich das Schiff heranbringen kann."

Ein Blick äußerster Überraschung lieh sogar seinen Augen eine gewisse Wildheit, und eine Sekunde sah er aufrichtig erschrocken aus.

„Hier mitten im Golf kommen wir nicht gut vorwärts", fuhr ich gleichgültig fort. „Ich werde versuchen, den ablandigen Abendwind mitzunehmen."

„Ach du meine Güte! Meinen Sie, im Dunkeln, Sir? Zwischen den vielen Inseln und Riffen und Untiefen?"

„Nun ja — wenn es an dieser Küste überhaupt irgendwelche regelmäßigen ablandigen Winde gibt, muß man hart an Land gehen, meinen Sie nicht auch?"

„Ach du meine Güte!" rief er wieder unterdrückt. Den ganzen Nachmittag trug er einen träumerischen, nachdenklichen Ausdruck zur Schau, der bei ihm das Zeichen von Bestürzung war.

plexity. After dinner I went into my stateroom as if I meant to take some rest. There we two bent our dark heads over a half-unrolled chart lying on my bed.

"There," I said. "It's got to be Koh-Ring. I've been looking at it ever since sunrise. It has got two hills and a low point. It must be inhabited. And on the coast opposite there is what looks like the mouth of a biggish river — with some town, no doubt, not far up. It's the best chance for you that I can see."

"Anything. Koh-Ring let it be."

He looked thoughtfully at the chart as if surveying chances and distances from a lofty height — and following with his eyes his own figure wandering on the blank land of Cochin-China, and then passing off that piece of paper clean out of sight into uncharted regions. And it was as if the ship had two captains to plan her course for her.

I had been so worried and restless running up and down that I had not had the patience to dress that day. I had remained in my sleeping-suit, with straw slippers and a soft floppy hat. The closeness of the heat in the gulf had been most oppressive, and the crew were used to see me wandering in that airy attire.

"She will clear the south point as she heads now." I whispered into his ear. "Goodness only knows when, though, but certainly after dark. I'll edge her in to half a mile, as far as I may be able to judge in the dark —"

"Be careful," he murmured, warningly — and I realised suddenly that all my future, the only future for

Nach dem Dinner ging ich in meine Kajüte, als beabsichtige ich, mich etwas auszuruhen. Und dort beugten wir beide unsere dunklen Köpfe über eine halbaufgerollte Karte, die auf meiner Koje lag.

„Hier!" sagte ich. „Das muß Koh-Ring sein. Ich betrachte es mir schon seit Sonnenaufgang. Es hat zwei Berge und eine niedere Landspitze. Es muß bewohnt sein. Und an der gegenüberliegenden Küste ist etwas, das wie die Mündung eines größeren Flusses aussieht — zweifellos mit einer Ortschaft, nicht weit flußaufwärts. Es ist die beste Möglichkeit für Sie, die ich herausfinden kann."

„Mir ist alles recht. Nehmen wir Koh-Ring."

Er sah nachdenklich auf die Karte, als überblicke er die Möglichkeiten und Entfernungen von einer hohen Warte aus und verfolge dabei mit den Augen auf dem kahlen Land von Cochin-China seine eigene wandernde Gestalt, die dann von diesem Blatt Papier aus dem Blickfeld in Gebiete entschwand, die auf keiner Karte verzeichnet sind. Und es war, als habe das Schiff zwei Kapitäne, die seinen Kurs planten.

Ich war an jenem Tage so bedrückt und ruhelos treppauf und treppab gelaufen, daß ich nicht die Geduld gehabt hatte, mich anzukleiden. Ich war in meinem Schlafanzug geblieben, mit Strohschuhen und einem weichen Filzhut. Die schwüle Hitze im Golf war überwältigend gewesen, und die Mannschaft war es gewöhnt, mich in dieser luftigen Kleidung herumlaufen zu sehen.

„Wenn wir diesen Kurs halten, werden wir von der Südspitze klarkommen", flüsterte ich ihm ins Ohr. „Gott weiß wann; aber bestimmt nach Dunkelwerden. Ich werde das Schiff auf eine halbe Meile heranbringen, soweit ich es im Dunkeln beurteilen kann..."

„Seien Sie vorsichtig", murmelte er warnend, und ich begriff plötzlich, daß meine ganze Zukunft — die einzige Zukunft, zu der ich taugte — wahrscheinlich unwiederbringlich zu Schanden

which I was fit, would perhaps go irretrievably to pieces in any mishap to my first command.

I could not stop a moment longer in the room. I motioned him to get out of sight and made my way on the poop. That unplayful cub had the watch. I walked up and down for a while thinking things out, then beckoned him over.

"Send a couple of hands to open the two quarterdeck ports," I said, mildly.

He actually had the impudence, or else so forgot himself in his wonder at such an incomprehensible order, as to repeat: "Open the quarter-deck ports! What for, sir?"

"The only reason you need concern yourself about is because I tell you to do so. Have them open wide and fastened properly."

He reddened and went off, but I believe made some jeering remark to the carpenter as to the sensible practice of ventilating a ship's quarter-deck. I know he popped into the mate's cabin to impart the fact to him because the whiskers came on deck, as it were by chance, and stole glances at me from below — for signs of lunacy or drunkenness, I suppose.

A little before supper, feeling more restless than ever, I rejoined, for a moment, my second self. And to find him sitting so quietly was surprising, like something against nature, inhuman.

I developed my plan in a hurried whisper. "I shall stand in as close as I dare and then put her round. I will presently find means to smuggle you out of here into the sail-locker which communicates with the lobby. But there is an opening, a sort of square for

würde, wenn mir bei meiner ersten Fahrt als Kapitän etwas zustieße.

Ich durfte mich keinen Augenblick länger in meiner Kajüte aufhalten. Ich bedeutete ihm durch ein Zeichen, er solle sich außer Sicht bringen, und begab mich zum Schanzdeck. Der witzlose Grünschnabel hatte die Wache. Ich ging eine Weile auf und ab und überlegte alles. Dann winkte ich ihm, zu mir zu kommen.

„Schicken Sie zwei Mann, um die beiden Achterdeckpforten zu öffnen", sagte ich freundlich.

Er besaß tatsächlich die Frechheit oder vergaß sich in seiner Verwunderung über diesen unbegreiflichen Befehl so weit, daß er wiederholte: „Die Achterdeckpforten öffnen! Ja, wozu denn, Sir?"

„Der einzige Grund, der Sie etwas angeht, ist, daß ich es Ihnen befehle. Lassen Sie sie weit öffnen und ordentlich befestigen."

Er wurde rot und ging, machte aber, glaube ich, eine spöttische Bemerkung zum Zimmermann über die unvernünftige Maßnahme, das Achterdeck eines Schiffes zu lüften. Bestimmt weiß ich, daß er in die Kajüte des Ersten hineinflitzte, um ihm die Tatsache mitzuteilen, denn der Backenbart kam an Deck — wie zufällig — und musterte mich verstohlen von unten, wahrscheinlich suchte er Anzeichen dafür, daß ich verrückt oder betrunken sei.

Kurz vor dem Abendessen begab ich mich wieder für einen Augenblick zu meinem Doppelgänger, denn ich war unruhiger denn je. Und ihn so ruhig dasitzen zu sehen, überraschte mich wie etwas Übernatürliches, Unmenschliches.

In raschem Geflüster entwickelte ich ihm meinen Plan. „Ich werde so dicht an Land halten wie möglich und dann über Stag gehen. Ich werde in Kürze Mittel und Wege finden, Sie hier heraus und in die Segelplicht zu schmuggeln, die eine Tür nach dem Vorraum hat. Aber es ist noch ein Luk darin, ein viereckiges

hauling the sails out, which gives straight on the quarter-deck and which is never closed in fine weather, so as to give air to the sails. When the ship's way is deadened in stays and all the hands are aft at the main-braces you will have a clear road to slip out and get overboard through the open quarter-deck port. I've had them both fastened up. Use a rope's end to lower yourself into the water so as to avoid a splash — you know. It could be heard and cause some beastly complication."

He kept silent for a while, then whispered, "I understand."

"I won't be there to see you go," I began with an effort. "The rest ... I only hope I have understood, too."

"You have. From first to last" — and for the first time there seemed to be a faltering, something strained in his whisper. He caught hold of my arm, but the ringing of the supper bell made me start. He didn't, thought; he only released his grip.

After supper I didn't come below again till well past eight o'clock. The faint, steady breeze was loaded with dew; and the wet, darkened sails held all there was of propelling power in it. The night, clear and starry, sparkled darkly, and the opaque, lightless patches shifting slowly against the low stars were the drifting islets. On the port bow there was a big one more distant und shadowily imposing by the great space of sky it eclipsed.

On opening the door I had a back view of my very

Loch, um die Segel herauszuholen, und das geht direkt auf das Achterdeck und wird bei schönem Wetter nie geschlossen, damit die Segel auslüften. Sobald das Schiff fast keine Fahrt hat und die ganze Mannschaft achtern bei den Großbrassen ist, haben Sie den Weg frei, um sich hinauszuschleichen und durch die offene Achterdeckpforte über Bord zu gehen. Ich habe befohlen, daß beide geöffnet werden. Benützen Sie einen Tampen, um sich ins Wasser hinabzulassen, Sie wissen schon: um das Aufklatschen zu vermeiden; das könnte gehört werden und eine scheußliche Komplikation ergeben."

Er schwieg eine Weile, dann flüsterte er: „Ich verstehe."

„Ich werde nicht da sein, um Abschied von Ihnen zu nehmen", begann ich mühsam.

„Und im übrigen ... ich hoffe nur, daß auch ich Sie verstanden habe."

„Das haben Sie. Von Anfang bis zum Ende"; und zum ersten Mal bemerkte ich ein Schwanken, eine Anspannung in seinem Flüstern. Er ergriff meinen Arm und hielt ihn fest, aber das Läuten der Glocke zum Abendessen ließ mich zusammenzucken. Er jedoch erschrak nicht; er löste nur seinen Griff.

Nach Tisch kam ich erst ziemlich spät nach acht wieder herunter. Die schwache, stetige Brise war schwer von Tau; und die nassen, verdunkelten Segel nahmen all ihre Treibkraft auf. Die Nacht, klar und sternenhell, schimmerte geheimnisvoll, und die undurchsichtigen, lichtlosen Flecke, die sich langsam vor dem niedrigen Sternenhimmel vorbeibewegten, waren die kleinen Inseln. Backbord lag etwas entfernter eine größere, die schattenhaft noch größer wirkte durch den weiten Raum am Himmel, den sie verdunkelte.

Als ich die Tür öffnete hatte ich eine Rückansicht meines eige-

own self looking at a chart. He had come out of the recess and was standing near the table.

"Quite dark enough," I whispered.

He stepped back and leaned against my bed with a level, quiet glance. I sat on the couch. We had nothing to say to each other. Over our heads the officer of the watch moved here and there. Then I heard him move quickly. I knew what that meant. He was making for the companion; and presently his voice was outside my door.

"We are drawing in pretty fast, sir. Land looks rather close."

"Very well," I answered. "I am coming on deck directly."

I waited till he was gone out of the cuddy, then rose. My double moved too. The time had come to exchange our last whispers, for neither of us was ever to hear each other's natural voice.

"Look here!" I opened a drawer and took out three sovereigns. "Take this anyhow. I've got six and I'd give you the lot, only I must keep a little money to buy some fruit and vegetables for the crew from native boats as we go through Sunda Straits."

He shook his head.

"Take it," I urged him, whispering desperately. "No one can tell what —"

He smiled and slapped meaningly the only pocket of the sleeping-jacket. It was not safe, certainly. But I produced a large old silk handkerchief of mine, and tying the three pieces of gold in a corner, pressed it on him. He was touched, I suppose, because he took it at last and tied it quickly round his waist under the jacket, on his bare skin.

nen Ich, wie es eine Karte betrachtete. Er war aus seinem Versteck herausgetreten und stand in der Nähe des Tisches.

„Es ist dunkel genug", flüsterte ich.

Er trat zurück und lehnte sich mit gleichmütigem, ruhigem Blick an meine Koje. Ich saß auf der Couch. Wir hatten einander nichts zu sagen. Über unsern Köpfen schritt der wachhabende Offizier hin und her. Dann hörte ich ihn schneller gehen. Ich wußte, was das bedeutete. Er kam auf die Treppe zu; gleich darauf erklang seine Stimme vor meiner Tür.

„Wir nähern uns ziemlich schnell dem Lande, Sir. Es sieht schon recht nahe aus."

„Gut so", antwortete ich. „Ich komme sofort an Deck."

Ich wartete, bis er aus der Messe heraus war, dann stand ich auf. Auch mein Doppelgänger erhob sich. Jetzt war der Augenblick für unsere letzten flüsternden Worte da, denn keiner von uns sollte jemals die natürliche Stimme des andern hören.

„Warten Sie!" Ich zog eine Lade auf und nahm drei Goldstücke heraus. „Nehmen Sie das mit; auf alle Fälle. Ich habe sechs und würde sie Ihnen gern alle geben; nur muß ich etwas Geld behalten, um für die Mannschaft Obst und Gemüse von den Booten der Eingeborenen zu kaufen, wenn wir durch die Sunda-Straße kommen.

Er schüttelte den Kopf.

„Nehmen Sie es", drängte ich in verzweifeltem Flüsterton. „Niemand kann sagen, was..."

Er lächelte und klopfte bedeutungsvoll auf die einzige Tasche der Jacke seines Schlafanzugs. Es war nicht sicher dort, das stimmte. Aber ich zog ein großes altes Seidentaschentuch von mir heraus, band die drei Goldstücke in eine Ecke und drückte sie ihm in die Hand. Er war wohl gerührt, denn er nahm es endlich und band es rasch um seine Taille, unter der Jacke, auf die nackte Haut.

Our eyes met; several seconds elapsed, till, our glances still mingled, I extended my hand and turned the lamp out. Then I passed through the cuddy, leaving the door of my room wide open...

"Steward!"

He was still lingering in the pantry in the greatness of his zeal, giving a rub-up to a plated cruet stand the last thing before going to bed. Being careful not to wake up the mate, whose room was opposite, I spoke in an undertone.

He looked round anxiously. "Sir!"

"Can you get me a little hot water from the galley?"

"I am afraid, sir, the galley fire's been out for some time now."

"Go and see."

He flew up the stairs.

"Now," I whispered, loudly, into the saloon — too loudly, perhaps, but I was afraid I couldn't make a sound. He was by my side in an instant — the double captain slipped past the stairs — through a tiny dark passage... a sliding door. We were in the sail-locker, scrambling on our knees over the sails.

A sudden thought struck me. I saw myself wandering barefooted, bareheaded, the sun beating on my dark poll. I snatched off my floppy hat and tried hurriedly in the dark to ram it on my other self. He dodged and fended off silently. I wonder what he thought had come to me before he understood and suddenly desisted. Our hands met gropingly, lingered united in a steady, motionless clasp for a second... No word was breathed by either of us when they separated.

Unsere Blicke trafen sich; einige Sekunden vergingen, bis ich, immer noch Auge in Auge, meine Hand ausstreckte und die Lampe löschte. Dann ging ich durch die Messe und ließ die Tür meiner Kajüte weit offen...

„Steward!"

Der Mann hielt sich in seinem Übereifer noch in der Pantry auf; er putzte vor dem Schlafengehen eine versilberte Menage. Vorsichtig,
   um den Ersten, dessen Kajüte gegenüberlag, nicht zu wecken, sprach ich mit gedämpfter Stimme.

Er sah sich ängstlich um. „Jawohl, Sir?"

„Können Sie mir etwas heißes Wasser aus der Kombüse holen?"

„Ich fürchte, es ist schon lange kein Feuer mehr in der Kombüse, Sir."

„Gehen Sie nachsehen."

Er flog treppaufwärts.

„Jetzt", flüsterte ich laut in die Messe hinein — vielleicht zu laut, aber ich fürchtete, ich würde anders keinen Ton herausbringen. Im selben Augenblick war er schon neben mir — der doppelte Kapitän schlüpfte an der Treppe vorbei — durch einen winzigen dunklen Gang... eine Schiebetüre. Wir waren in der Segelplicht und krochen auf den Knien über die Segel. Plötzlich fuhr mir ein Gedanke durch den Sinn: ich sah mich selbst mit bloßen Füßen und bloßem Kopf dahinwandern, während die Sonne mir sengend auf den dunklen Scheitel brannte. Ich riß meinen Schlapphut herunter und versuchte im Dunkeln eilig, ihn meinem andern Ich auf den Kopf zu setzen. Er wich aus und wehrte stumm. Was mag er wohl von mir gedacht haben, ehe er verstand und nachgab? Tastend trafen sich unsere Hände, verweilten vereinigt in einem festen, reglosen Händedruck, eine Sekunde nur... keiner von uns brachte ein Wort heraus, als wir uns trennten.

I was standing quietly by the pantry door when the steward returned.

"Sorry, sir. Kettle barely warm. Shall I light the spiritlamp?"

"Never mind."

I came out on deck slowly. It was now a matter of conscience to shave the land as close as possible — for now he must go overboard whenever the ship was put in stays. Must! There could be no going back for him. After a moment I walked over to leeward and my heart flew into my mouth at the nearness of the land on the bow. Under any other circumstances I would not have held on a minute longer. The second mate had followed me anxiously.

I looked on till I felt I could command my voice.

"She may weather," I said then in a quiet tone.

"Are you going to try that, sir?" he stammered out incredulously.

I took no notice of him and raised my tone just enough to be heard by the helmsman.

"Keep her good full."

"Good full, sir."

The wind fanned my cheek, the sails slept, the world was silent. The strain of watching the dark loom of the land grow bigger and denser was too much for me. I had shut my eyes — because the ship must go closer. She must! The stillness was intolerable. Were we standing still?

When I opened my eyes the second view started my heart with a thump. The black southern hill of Koh-Ring seemed to hang right over the ship like a towering fragment of the everlasting night. On that enor-

Ich stand ganz ruhig an der Tür der Pantry, als der Steward zurückkam.

„Es tut mir leid, Sir. Der Kessel ist kaum lauwarm. Soll ich den Spirituskocher anzünden?"

„Nein, es ist nicht nötig."

Langsam trat ich aufs Deck heraus. Jetzt war es eine Gewissensfrage, so nahe wie möglich an das Land heranzukommen; denn jetzt mußte er über Bord gehen, sobald das Schiff im Winde lag. Mußte! Denn es gab für ihn kein Zurück. Nach einer kleinen Weile ging ich nach Lee hinüber, und mir stockte der Atem, als ich sah, wie nahe der Bug dem Lande war. Unter keinen anderen Umständen hätte ich eine Minute länger darauf gehalten. Der Zweite Offizier war mir ängstlich gefolgt.

Ich sah geradeaus, bis ich spürte, daß ich meine Stimme würde beherrschen können.

„Vielleicht kommen wir in Luv vorbei", sagte ich dann gelassen.

„Wollen Sie das versuchen, Sir?" stammelte er ungläubig.

Ich beachtete ihn nicht und erhob die Stimme gerade genügend, um vom Rudergänger gehört zu werden.

„Halten Sie die Segel gut voll!"

„Gut voll, Sir."

Der Wind fächelte meine Wange, die Segel schliefen, die Welt war stumm. Ich konnte den Anblick kaum ertragen, wie das dunkle Land sichtbar wurde und wuchs und immer näher kam. Ich schloß die Augen; denn das Schiff mußte noch härter heran. Es mußte! Die Stille war unerträglich. Hatten wir überhaupt noch Fahrt?

Als ich die Augen öffnete, erschrak ich bei diesem zweiten Blick bis ins tiefste Herz. Der schwarze Berg im Süden von Koh-Ring schien direkt über dem Schiff zu hängen wie ein hochragendes Fragment ewiger Nacht. Auf dieser riesigen geballten Finster-

mous mass of blackness there was not a gleam to be seen, not a sound to be heard. It was gliding irresistibly towards us and yet seemed already within reach of the hand. I saw the vague figures of the watch grouped in the waist, gazing in awed silence.

"Are you going on, sir?" inquired an unsteady voice at my elbow.

I ignored it. I had to go on.

"Keep her full. Don't check her way. That won't do now," I said, warningly.

"I can't see the sails very well," the helmsman answered me, in strange, quavering tones.

Was she close enough? Already she was, I won't say in the shadow of the land, but in the very blackness of it, already swallowed up as it were, gone too close to be recalled, gone from me altogether.

"Give the mate a call," I said to the young man who stood at my elbow as still as death. "And turn all hands up."

My tone had a borrowed loudness reverberated from the height of the land. Several voices cried out together: "We are all on deck, sir."

Then stillness again, with the great shadow gliding closer, towering higher, without light, without a sound. Such a hush had fallen on the ship that she might have been a bark of the dead floating in slowly under the very gate of Erebus.

"My God! Where are we?"

It was the mate moaning at my elbow. He was thunderstruck, and as it were deprived of the moral support of his whiskers. He clapped his hands and absolutely cried out, "Lost!"

nis war kein Lichtschimmer zu sehen, kein Laut zu hören. Sie glitt unwiderstehlich auf uns zu und schien schon fast mit Händen greifbar. Ich sah die undeutlichen Gestalten der Wachhabenden, die auf dem Mitteldeck zusammenstanden und erschrocken schweigend hinüberstarrten.

„Halten Sie noch härter heran, Sir?" fragte eine unsichere Stimme dicht neben mir.

Ich beachtete sie nicht. Ich mußte weiter.

„Halten Sie die Segel voll! Bringen Sie das Schiff nicht aus der Fahrt; das täte jetzt nicht gut", sagte ich warnend.

„Ich kann die Segel nicht deutlich ausmachen", antwortete der Rudergänger mit fremder, schwankender Stimme.

Waren wir dicht genug? Schon war das Schiff, ich will nicht sagen, im Schatten des Landes, doch schon im Dunkel seines Bereichs, schon von ihm aufgeschluckt, zu hart an Land, um zurückgeholt zu werden, schon völlig außer meiner Gewalt.

„Rufen Sie den Ersten", sagte ich zu dem jungen Menschen. der still wie der Tod an meiner Seite stand. „Und rufen Sie alle Mann an Deck."

Meine Stimme hatte einen unechten lauten Klang, da sie von der Höhe des Landes zurückgeworfen wurde. Gleichzeitig riefen mehrere Stimmen: „Wir sind alle an Deck, Sir!"

Dann wieder Stille, und der große Schatten glitt näher, türmte sich höher, ohne Licht, ohne Laut.

Es herrschte eine solche Stille auf dem Schiff, als sei es ein Nachen des Todes, der langsam durch die Pforte der Unterwelt gleitet.

„Mein Gott! wo sind wir?"

Es war mein Erster Offizier, der neben mir gestöhnt hatte. Er war starr vor Entsetzen und förmlich des moralischen Halts seines würdevollen Barts beraubt. Er schlug die Hände zusammen und schrie geradeheraus: „Wir sind verloren!"

"Be quiet," I said, sternly.

He lowered his tone, but I saw the shadowy gesture of his despair. "What are we doing here?"

"Looking for the land wind."

He made as if to tear his hair, and addressed me recklessly.

"She will never get out. You have done it, sir. I knew it'd end in something like this. She will never weather, and you are too close now to stay. She'll drift ashore before she's round. O my God!"

I caught his arm as he was raising it to batter his poor devoted head, and shook it violently.

"She's ashore already," he wailed, trying to tear himself away.

"Is she? . . . Keep good full there!"

"Good full, sir," cried the helmsman in a frightened, thin, child-like voice.

I hadn't let go the mate's arm and went on shaking it. "Ready about, do you hear? You go forward" — shake —

"and stop there" — shake — "and hold your noise" — shake — "and see these head-sheets properly overhauled" — shake, shake — shake.

And all the time I dared not look towards the land lest my heart should fail me. I released my grip at last and he ran forward as if fleeing for dear life.

I wondered what my double there in the sail-locker thought of this commotion. He was able to hear everything — and perhaps he was able to understand why, on my conscience, it had to be thus close — no less. My first order "Hard alee!" re-echoed ominously under the towering shadow of Koh-Ring as if had shouted in

„Schweigen Sie!" befahl ich streng.

Er senkte die Stimme, aber ich sah die düstere Geste seiner Verzweiflung. „Was tun wir hier?"

„Wir wollen den ablandigen Wind mitbekommen."

Er machte Miene, sich die Haare zu raufen, und redete hemmungslos auf mich ein.

„Niemals kommen wir hier klar. Und Sie sind schuld dran, Käpten. Ich wußte, daß es so enden würde! Nie kommen wir hier frei, und wir sind zu hart an Land, um durchzuhalten, und wir sitzen fest: Strand, bevor wir herum sind. O Gott!"

Ich ergriff seinen Arm, den er schon hob, um sich auf seinen armen Kopf zu hämmern. Ich schüttelte ihn heftig.

„Wir sitzen schon fest", jammerte er und versuchte, sich loszumachen.

„Meinen Sie? ... Halten Sie gut voll, Rudergänger!"

„Gut voll, Sir!" rief der Rudergänger mit furchtsamer, dünner, kindlicher Stimme.

Ich hatte den Arm meines Ersten nicht losgelassen und schüttelte ihn weiter. „Klar zum Wenden, hören Sie? Und Sie gehen nach vorn!" — ich schüttelte ihn — „und bleiben dort!" — ich schüttelte ihn — „und halten den Mund!" — ich schüttelte ihn — „und sorgen Sie dafür, daß die Vorschoten anständig überholt werden!" — Ich schüttelte und schüttelte ihn.

Währenddessen hatte ich nicht gewagt, zum Land hinüberzublicken, damit mir das Herz nicht stehenbliebe. Endlich löste ich meinen Griff, und er schoß vorwärts, als renne er ums liebe Leben.

Was mochte mein Doppelgänger in der Segelplicht wohl von diesem Lärm denken? Er konnte dort alles hören! Und vielleicht verstand er, warum ich meine Ehre darein setzte, so hart ans Land zu gehen, und nicht weniger. Mein erster Befehl: „Ruder in Lee!" hallte unheilverkündend wider von der ragend schwarzen Masse von Koh-Ring, als hätte ich in eine Felsschlucht hinein-

a mountain gorge. And then I watched the land intently. In that smooth water and light wind it was impossible to feel the ship coming-to. No! I could not feel her. And my second self was making now ready to slip out and lower himself overboard. Perhaps he was gone already...?

The great black mass brooding over our very mastheads began to pivot away from the ship's side silently. And now I forgot the secret stranger ready to depart, and remembered only that I was a total stranger to the ship. I did not know her. Would she do it? How was she to be handled?

I swung the mainyard and waited helplessly. She was perhaps stopped, and her very fate hung in the balance, with the black mass of Koh-Ring like the gate of the everlasting night towering over her taffrail. What would she do now? Had she way on her yet? I stepped to the side swiftly, and on the shadowy water I could see nothing except a faint phosphorescent flash revealing the glassy smoothness of the sleeping surface. It was impossible to tell — and I had not learned yet the feel of my ship. Was she moving?

What I needed was something easily seen, a piece of paper, which I could throw overboard and watch. I had nothing on me. To run down for it I didn't dare. There was no time. All at once my strained, yearning stare distinguished a white object floating within a yard of the ship's side. White on the black water. A phosphorescent flash passed under it. What was that thing?... I recognised my own floppy hat. It must have fallen off his head... and he didn't bother. Now I had what I wanted — the

gerufen. Und dann faßte ich das Land scharf ins Auge. Bei dem glatten Wasser und der leichten Brise konnte ich unmöglich spüren, daß das Schiff in den Wind kam. Nein! Ich spürte nichts. Und mein zweites Ich machte sich jetzt bereit, hinauszuschlüpfen und sich über Bord herunterzulassen! Vielleicht war er schon gegangen...?

Die große schwarze Masse, die über unsern Mastspitzen drohte, begann sich schweigend vom Schiff abzudrehen. Und nun vergaß ich den heimlichen Fremden, der zum Weggehen bereit war, und dachte nur daran, daß ich dem Schiff ein völlig Fremder war. Ich kannte es nicht. Würde es das schaffen? Wie mußte ich es handhaben?

Ich ließ die Großrahe backbrassen und wartete hilflos. Das Schiff war vielleicht ohne Fahrt und sein Schicksal hing in der Schwebe, unter der schwarzen Masse von Koh-Ring, die turmhoch über dem Heckbord aufragte wie das Tor der ewigen Nacht. Was würde das Schiff jetzt tun? Hatte es noch Fahrt? Rasch trat ich an die Bordwand; auf dem düstern Wasser war nichts zu sehen außer einem matten phosphoreszierenden Schimmer, der die glasige Glätte der schlafenden Oberfläche zeigte. Es war unmöglich, etwas Bestimmtes zu sagen, und ich hatte mir noch kein Gefühl für mein Schiff angeeignet. Bewegte es sich? Ich hätte etwas gebraucht, was leicht zu erkennen war — ein Stück Papier, das ich über Bord werfen und beobachten konnte. Ich hatte nichts bei mir. Ich wagte nicht, hinunterzulaufen und etwas zu holen. Dazu blieb mir keine Zeit. Und urplötzlich unterschied mein angespannter, sehnsüchtiger Blick einen weißen Gegenstand, der etwa einen Meter von der Bordwand schwamm. Weiß auf schwarzem Wasser. Ein phosphoreszierender Schein bewegte sich darunter vorbei. Was für ein Ding war das... Ich erkannte meinen eigenen großen Hut. Er mußte ihm vom Kopf gefallen sein... und er kümmerte sich nicht darum. Nun hatte ich, was ich brauchte: den rettenden

saving mark for my eyes. But I hardly thought of my other self, now gone from the ship, to be hidden for ever from all friendly faces, to be a fugitive and a vagabond on the earth, with no brand of the curse on his sane forehead to stay a slaying hand ... too proud to explain.

And I watched the hat — the expression of my sudden pity for his mere flesh. It had been meant to save his homeless head from the dangers of the sun. And now — behold —

it was saving the ship, by serving me for a mark to help out the ignorance of my strangeness. Ha! It was drifting forward, warning me just in time that the ship had gathered sternway.

"Shift the helm," I said in a low voice to the seaman standing still like a statue.

The man's eyes glistened wildly in the binnacle light as he jumped round to the other side and spun round the wheel.

I walked to the break of the poop. On the overshadowed deck all hands stood by the forebraces waiting for my order. The stars ahead seemed to be gliding from right to left. And all was so still in the world that I heard the quiet remark "She's round," passed in a tone of intense relief between two seamen.

"Let go and haul."

The foreyards ran round with a great noise, amidst cheery cries. And now the frightful whiskers made themselves heard giving various orders.

Already the ship was drawing ahead. And I was alone with her. Nothing! no one in the world should stand now be-

Anhaltspunkt für meine Augen. Ich dachte kaum an meinen Doppelgänger, der nun das Schiff verlassen hatte, um sich für immer vor jedem Freundesantlitz zu verbergen, um flüchtig und unstet auf Erden zu sein; ohne Kainsmal auf der klugen Stirn, das eine mörderische Hand gehemmt hätte ... zu stolz, um sich zu rechtfertigen.

Und ich beobachtete den Hut, das sichtbare Zeichen meines plötzlichen Erbarmens mit dem, was sterblich an ihm war. Er hätte sein heimatloses Haupt vor den Gefahren der Sonne schützen sollen. Jetzt — siehe da — rettete er das Schiff, indem er als Seezeichen diente, als Hilfe in meiner Unwissenheit, Fremdheit. Oh! Er trieb vorwärts und zeigte mir damit gerade noch rechtzeitig, daß das Schiff begonnen hatte, Fahrt über den Achtersteven zu machen.

„Herum das Ruder!" sagte ich mit leiser Stimme zu dem Seemann, der reglos dastand wie ein Steinbild.

Seine Augen blitzten im Schein der Kompaßlampe wild auf, als er auf die andere Seite sprang und das Ruderrad herumwirbelte.

Ich ging schnell zum Schanzdeck. Alle Mann standen auf dem lichtlosen Deck an den Vorbrassen und warteten auf meinen Befehl. Die Sterne oben schienen von rechts nach links zu gleiten. Und alles auf Erden war so still, daß ich die leisen Worte vernahm „Jetzt sind wir herum", die zwei Matrosen mit hörbar erlöstem Aufatmen wechselten.

„Rund überall!"

Unter dem Gewirr freudiger Stimmen kamen die Fockrahen mit großem Lärm herum. Nun ließ sich auch der fürchterliche Backenbart wieder hören; er gab ein paar Befehle. Schon nahm das Schiff Fahrt auf. Und ich war mit ihm allein! Nichts, niemand in der Welt sollte jetzt zwischen uns stehen, zwischen mir und meinem Schiff. Keiner mehr sollte einen Schatten werfen auf

tween us, throwing a shadow on the way of silent knowledge and mute affection, the perfect communion of a seaman with his first command.

Walking to the taffrail, I was in time to make out, on the very edge of a darkness thrown by a towering black mass like the very gateway of Erebus — yes, I was in time to catch an evanescent glimpse of my white hat left behind to mark the spot where the secret sharer of my cabin and of my thoughts, as though he were my second self, had lowered himself into the water to take his punishment: a free man, a proud swimmer striking out for a new destiny.

den Weg stummen Verständnisses und schweigender Liebe, auf die vollkommene Gemeinschaft eines Seemanns mit seinem ersten Schiff.

Als ich an die Heckreling trat, kam ich gerade noch zur Zeit, um einen flüchtigen Schimmer meines weißen Hutes zu erspähen; er schwamm am äußersten Rande des tiefen Schattens jener ragenden schwarzen Masse, die der Pforte der Unterwelt glich, und war zurückgeblieben, um die Stelle zu kennzeichnen, wo der geheime Teilhaber meiner Kajüte und meiner Gedanken (so sehr, als wäre er mein zweites Ich) ins Wasser hinabgeglitten war, um seine Strafe auf sich zu nehmen: ein freier Mann, ein stolzer Schwimmer, der sich einem neuen Schicksal entgegenwarf.

Theodor Josef Konrad Korzeniowski wurde am 6. Dezember 1857 in der Ukraine geboren, wo seine Familie seit Generationen begütert war. Der Vater, ein polnischer Nationalist, wurde wegen der Vorbereitung des Aufstandes von 1863 nach Sibirien verbannt. Die Mutter bekam auf ein Gnadengesuch die Erlaubnis, ihn mit dem Sohn zu begleiten: so erlebten eine zarte Frau und ein fünfjähriger Junge das Schicksal von Sträflingen. Nach zwei Jahren starb die Mutter an Entkräftung, und nach sieben Jahren war der Vater so zermürbt, daß er als ungefährlich ins Ausland entlassen wurde. Dort, in Krakau, starb er bald darauf.

Diese Kindheitserlebnisse lösten Conrad von Heimat, Volk und Muttersprache; den Binnenländer, Sohn festverwurzelter Grundherren, zog es zum Meer. 1874 fuhr er zum ersten Mal zur See, von Marseille aus, nachdem er alle Widerstände der Familie überwunden hatte. Als Zwanzigjähriger kam Conrad nach England und befuhr von da an zwölf Jahre lang auf englischen Schiffen die Meere des Fernen Ostens; er diente sich zum Offizier und Kapitän hinauf.

Als Kapitän eines Flußdampfers an den Stanley-Fällen bekam er schweres Fieber und mußte in einem Kanu an Land gebracht werden. Das Kanu kenterte, aber Conrad wurde gerettet. Damals hatte er die Anfangskapitel seines ersten Romans bei sich. Das Fieber verließ ihn nie mehr; ein letzter Versuch, auf See wieder zu gesunden, mißlang. Aber auf dieser Reise 1893 nach Australien legte er einem „Cambridge-Man" sein erstes Werk vor. Dieser unbekannte Kritiker ermunterte ihn zu schreiben. Von da an, bis zu seinem Tod 1923 hat Conrad sein großes erzählerisches Werk geschaffen.

*In der Reihe dtv zweisprachig – Edition Langewiesche-
Brandt – erscheinen englisch-deutsche, französisch-
deutsche, italienisch-deutsche und russisch-deutsche
Bände.*

*Englisch-deutsch zum Beispiel: Sammelbände mit
klassischen und mit modernen amerikanischen Kurzgeschichten, mit englischen Kurzgeschichten, mit Science
Fiction Stories, Kriminalgeschichten, Märchen und
Gedichten; Einzelbände von Swift, Dickens, Jack Lon-
don, Mark Twain, Henry James, O. Henry, Wilde,
Shaw, Orwell, Cummings, Tolkien.*

*Französisch-deutsch zum Beispiel: Klassische und mo-
derne Erzählungen, Gedichte, Zeitungsberichte, histo-
rische Reden, Witze; Einzelbände von Pascal, Molière,
Voltaire, Perrault, Daudet, Maupassant, Flaubert,
Baudelaire, Giraudoux, Anouilh, Maurois.*

*Spanisch-deutsch zum Beispiel: Sammelbände mit
Kurzgeschichten; Einzelbände von Cervantes, Valera,
Benavente, Aub.*

*Italienisch-deutsch zum Beispiel: Kurzgeschichten, Mär-
chen, Zeitungsberichte; Einzelbände von Goldoni,
Pirandello, Silone.*

*Russisch-deutsch zum Beispiel: Bände von Gogol,
Dostojewskij, Tschechow, Turgenjew, Paustowskij,
Sostschenko.*